お転婆令嬢は婚約者から逃亡中!!

ノーチェ文庫

登場人物紹介
セドリック
隣国アーバリー王国の王子で
高い武力を誇る
軍隊を率いる軍人。
なぜか言動がMっぽい。
アデル
プランケット家の伯爵令嬢。
適齢期なのに婚約者が
決まっていない。庶民と交流
するのが好きな変わり者。

ポール
アデルの父。
貴族らしく鷹《おう》揚《よう》だが、商人として
抜け目ない一面も持つ。
マーガレット
アデルの母。
おっとりとした性格で
アデルに対しても優しい。
ニコラス
アデルの婚約者候補の商人。
商才はあるのに
ファッションセンスがない。
クリストフ
セドリックの部下。
淡々と仕事をこなす
有能な軍人。

目次

お転婆《てんば》令嬢は婚約者から逃亡中!!

第一章　ドM王子との出会い

カタカタカタ――と馬車が近づいてくる音に、アデルの耳がぴくっと動いた。ほぼ同時に読んでいた本を閉じて机の上に置くと、素早い動きで開けっ放しにしていた窓へ近づく。

カーテンの隙間から窺《うかが》った外には、思った通り派手な装飾を施《ほどこ》した馬車が走っていた。

（うへぇ、今度は馬にまで帽子を被《かぶ》せているわ）

馬は見るからに重そうな箱を引かされている上に、珍妙な帽子まで着けさせられている。おそらく、あのトンガリ帽は他国で流行しているものだろうが、可哀そうに。

アデルは呆れた表情を顔に貼り付けたまま反対側の窓へ向かい、カーテンを縛《しば》って作ったロープを垂らした。

「よっ……と！」

しっかりと布ロープを掴《つか》み、窓枠を越えると、身軽な動きで自宅の裏庭へ降り立つ。

「ごきげんよう！　ニコラスが参りましたよ」

そんな声が表玄関から聞こえてくるのを聞きつつ、裏門から屋敷を抜け出した。

（まったく、しつこいったら！　お父様もお母様も、あのダサい脳筋商人に嫁《とつ》げだなんて、どうかしているわ）

アデルはラングポート王国の由緒ある伯爵家プランケット家の娘である。

代々治めてきた領地が海に面していることもあって、プランケット伯爵家は昔から外交、特に貿易の面で王国の経済を支えていた。ここ最近は運輸業に力を入れていて、特に最先端の技術を取り入れた造船業に出資している。

そんなプランケット家の現当主の一人娘であるアデルは、すでにこの国の娘の結婚適齢期である十八歳になっていた。

けれどもまだ許婚《いいなずけ》が決まっておらず、両親は娘の嫁《い》き遅《おく》れを心配しているらしい。今のところ彼らが娘の相手にと考えているのが、プランケット家と関わりの深い商会の後継ぎたちだ。その中でも、ここ数年で急成長を遂《と》げたサリンジャー商会の息子、ニコラス・サリンジャーが最有力候補とされている。

（あの人、プランケット家が持っている貿易権が欲しいだけなのが見え見えなのよね）

アデルは町に向かって歩きながら、顰《しか》めっ面《つら》をした。

商人であるサリンジャー家に爵位はないが、彼らは今やプランケット領で一番利益を上げる商会を営《いとな》んでいる。それは、プランケット家が出資する貿易・運輸業にも利をもたらしていた。

つまり、プランケット家にとって、彼らと繋がりを持つことは理に適《かな》っている。

しかし、アデルはニコラスとの結婚に乗り気にはなれない。彼女には、二人の婚姻で得をするのはサリンジャー側ばかりだと思える。

伯爵の一人娘の彼女を娶《めと》れば、ニコラスは爵位が手に入るのだ。それによって彼は、プランケット家の貿易権を掌握《しょうあく》し、ますます利益を上げて確実に権力を強めるのだろう。

それに……

「あ！　アデル姉ちゃんだ！　アデル姉ちゃーん！」

アデルが城下町の端にある広場を通りがかったところで、一人の少年が彼女に気づき、手を振って叫んだ。

「こら、アデル様ってお呼びしなさい！」

「いいの。私のことは好きに呼んで」

少年と彼を叱《しか》る母親のほうへ向かいつつ、アデルは微笑《ほほえ》む。

「ほら、アデル姉ちゃんがいいって言ってるもん。それより、アデル姉ちゃん。またあのダサリンジャーのニコラスから逃げてんのか？」

「そうなの。あの人、しつこくプランケットの屋敷を訪ねてくるのよ。本当、嫌になっちゃう」

はぁっと盛大なため息とともに答えると、少年は「ハハッ」と大きな声で笑った。そんな息子の態度を、彼の母親が目を吊り上げて叱《しか》る。

「サリンジャー商会のニコラス様、でしょ！」

「いてっ！」

ニコラスを「ダサリンジャー」と呼んだ少年が母親に小突《こづ》かれるのを見ながら、アデルは声を出して笑った。

「あははっ！　そんなに怒らないであげて。『ダサリンジャー』というのは間違っていないわよ。今日は変な縞々《しましま》模様のトンガリ帽子を馬に被《かぶ》せていたわ」

「馬にトンガリ帽子？　変なの」

アデルの話を聞いて、少年が眉根を寄せる。彼の母親も息子の隣で首を傾《かし》げた。

そう、少年が言う通り、ニコラスは一言で言うと「ダサい男」である。

商会の仕事で外国を回り、各国の流行に敏感な彼の商売センスは素晴らしい。彼の輸入した品がラングポート王国で次々と流行《はや》り、売れていることがそれを証明している。

だが、彼自身はとにかくダサい。

原因は、各国の流行《はや》りを闇雲に取り入れてしまうことだ。

単品で見れば素敵なデザインでも、ごちゃ交ぜでは魅力半減――それどころか、それぞれの主張が強すぎて、まったく個々の良さがわからなくなる。東西南北、様々な国からの取り寄せ品見本市のようなニコラスのファッションは、とにかくいただけなかった。

(ヒョウ柄のスラックスにシマウマ柄のシャツで、キツネのファーを羽織《はお》っていたこともあったわね)

いつかの動物系ファッションを思い出し、アデルはため息をつく。

統一感など皆無《かいむ》だった奇抜なその組み合わせに比べれば、今日の馬に帽子を被《かぶ》せた程度のファッションはまだ良いほうだった。

「でも、貴族様たちの間では流行《はや》るのではないでしょうか？　馬に帽子を被《かぶ》せるなんて、斬新な発想ですよね」

「そう？　またどこかの国で流行していたからやっているだけでしょう。なんでもかんでも真似《まね》すればいいってものではないわ。動物に帽子を被《かぶ》せるくらい、ニコラスがやらなくてもそのうち誰かがやったと思うし」

少年の母親が感心したように言うのを聞いて、アデルはフンッと鼻を鳴らした。すると、「その〝誰か〟になるのが難しいんですよ」と彼女が苦笑する。

「それに、その縞々《しましま》のトンガリ帽とやらも、どこかの国の有名な帽子屋から輸入しているのではありませんか？」

「帽子屋が有名なのかどうかは知らないけれど、確かに目立ちたがり屋の貴族たちがこぞって買いそうなデザインだったわ」

名のある店から買い付けた商品というだけで、貴族たちは必ず食いつく。そうでなければ、社交界で馬鹿にされるからだ。

最新のファッションや話題の店を把握《はあく》するのは紳士淑女の嗜《たしな》み。パーティに前回と同じ装《よそお》いで行くなんて、もっての外《ほか》。

ニコラスはそういう貴族社会の〝仕組み〟をしっかり理解している。

元々、陽気な性格で誰にでも親しげな話し方をする男だから、人の懐《ふところ》に入り込むのが得意なのかもしれない。

彼は貴族相手にも物怖《ものお》じせず、積極的に彼らの邸宅を訪問し、営業活動をしているようだ。

いや……勝手にアデルの婚約者になったつもりでいるくらい図々《ずうずう》しい彼のことなので、誰彼構わず声をかけているだけに違いない。

「それにしたって、あんなにダサい男が輸入する品物が片っ端から売れるなんて、奇妙な話よね」

「アデル様……」

仮にも婚約者候補に「ダサい」と連呼するアデルに、少年の母は困り顔になる。

「偉い人を脅してそうだよな！　あのムッキムキの筋肉でさ！」

一方の少年は、アデルと意見が合う。彼は両腕を上げ、肩の高さで肘《ひじ》を曲げて力こぶを作ってみせる。

少年の言う通り、なぜかニコラスは異常なほどマッチョだった。それも、年々、逞《たくま》しくなっているようだ。

肩幅が広く、腕も太い。下半身もかなり鍛《きた》えているらしく、どこかの国で流行《はや》りの細身のズボンを穿《は》いていたときは、布が破けそうだった。

さらに、鍛《きた》えた身体を見せびらかしたくて仕方がないと言わんばかりの彼の服装や態度は、見た目以上にむさ苦しい。

「そうね。鍛《きた》えているのも、いつもシャツのボタンが半分開いているのも、そのためかもしれないわ。ひょろひょろの当主やその息子たちには、筋肉を見せるだけで十分脅しになりそうだし、買うのを渋ったら壁にドーンって穴を開けて見せればいいもの」

アデルは握《にぎ》り拳《こぶし》を前に出し、壁を突き破る真似《まね》をする。

貴族の貧弱さに加え、すぐにお金で解決しようとする性質も利用されているに違いない。

「さすがにそこまでしたら問題になると思いますよ。でも、アデル様は強い男性と結婚したいのでしょう？　それなら、ニコラス様はぴったりではありませんか」

「うへぇ！　やめてよ」

少年の母親が苦笑しつつニコラスを婿《むこ》にすすめてくるので、アデルは思わず令嬢らしからぬ呻《うめ》き声を出した。

確かに常々「自分より弱い男は嫌だ」と宣言している。しかし、だからと言って選択肢があのムキムキダサリンジャーのみなのは心外だ。

「なぁなぁ、それよりさ。アデル姉ちゃんはしばらく家に帰れないんだろ？　チェスを教えてくれよ！」

アデルが片手を額《ひたい》に当てて唸《うな》っていると、少年がもう片方の手を引っ張った。

「こら、あんたはまた！　アデル様はね――」

「それくらいならお安い御用よ。それじゃ、学校へ行きましょう」

「あっ、アデル様！　お待ちください！」

少年の手を取って歩き出したアデルを、彼の母親が止めようとする。

「大丈夫よ。お父様もお母様も、このくらいのことで怒ったりしないわ。それに、私は屋敷に籠《こ》もってお茶会を開くより、こうして街を歩いたり、皆と遊んだりするほうが好きなの」

毎日のように開催されるお茶会で、お洒落《しゃれ》や恋愛の話をするだけなんてつまらない。

貴族令嬢として育てられる中、アデルは早々に淑女の嗜《たしな》みとやらに飽きてしまった。

それで、こっそり――今や堂々と屋敷を抜け出し、城下町でいろいろな人々と交流しているのだ。時間があれば町を散策し、子供たちと遊んだりお年寄りの手伝いをしたり、悠々自適《ゆうゆうじてき》な生活を送っている。

貴族社会という狭い世界で生きるより、そのほうが刺激的で楽しいと感じていた。

つまり、アデルはいわゆる「お転婆娘《てんばむすめ》」。貴族の間では、庶民との交流が好きな変わり者として扱われているようだった。

だから、婚約者候補がニコラスしかいない……とも考えられる。

彼女が強気な性格であることも相まって、変わり者を嫁にしたいという気概のある貴族子息が現れない。

とはいえ彼女は、今さら猫を被《かぶ》って淑女らしくする気もなかった。周囲の機嫌ばかり窺《うかが》う意志の弱い男は、こちらからお断りだ。

かと言って、ニコラスに嫁《とつ》ぐ気もないが……

そこまで考えたアデルは、ため息をついて頭を横に振った。

これ以上、余計なことを思案していても仕方ない。

ひとまず学校にいれば安全だ。

子供たちはいろいろなことを教えてくれる彼女を慕《した》っている。もちろん、ニコラスとの婚約を嫌がっていることも知っていて、逃亡の手助けをしてくれるのだ。

こうして少年と連れ立ったアデルは、すぐに学校に着いた。


「――ああ！　また負けたぁ」

「ふふ。まだまだね」

遊び場として開放されている校舎の一室で、チェス盤を挟んでアデルの向かいにいる少年が天井を見上げながら頭を抱える。

「次は私と勝負して、アデル様！」

「僕もやりたい！」

「私も、私も！」

少年とアデルの周りには、いつの間にか子供たちが集まって二人の勝負を見ていた。

「じゃあ、順番を――」

「アデル様！　さっき、ここへ来る途中でダサリンジャーの馬車を見たよ。教会のほうへ行ったから、次はここに来ると思う」

「ええ？　もう来ているの？」

皆がアデルとの対戦を求めて騒いでいるところに、少女が慌てた様子で部屋へ駆け込んできた。一気に言った後、膝に手をついて上がった息を整える。

彼女はニコラスの馬車を見かけて、急いで知らせに来てくれたらしい。

ニコラスがアデルを追いかけてくるのは毎度のことで、最近、彼は彼女の逃走ルートを把握《はあく》し始めている。彼女が立ち寄りそうな場所を効率良く回るようになった。

「皆、ごめんね。私、もう行かないと。勝負はまた今度！　次までに順番を決めておくのよ」

アデルはチェスの駒《こま》を置き、立ち上がった。

「うん、わかった。アデル様、気をつけてね」

「おう！　ダサリンジャーになんか捕まるなよ！」

口々に答える子供たちは、もちろん彼女の味方だ。

「教会からなら、裏門の道を使うと思うわ。表から堂々と出ていくほうがいいよ」

「ありがとう！　じゃあね」

急いで学校を出て、城下町の中心へ向かう。

中心地は華やかな反面、たくさんの建物があって道が入り組んでいるため、少々地形が複雑だ。逃げ隠れするにはちょうどいい。

途中でニコラスの馬車の目撃情報を集めつつ、アデルは城下町の中心に向かってぐるぐる歩き回った。

しばらくそうして時間を潰《つぶ》し、ニコラスが仕事に戻らなければならなくなるのを待って、屋敷へ戻るのが最善策である。

ところが――

「――失礼、マダム。プランケット家のアデル嬢を見かけませんでしたか？」

「ひ――っ」

路地裏から表に出る曲がり角で、ニコラスの声が聞こえ、アデルは慌てて両手で口を押さえた。

もうこんなところまで追ってきているなんて、早すぎる。毎日の追いかけっこで、彼も学んでいるようだ。

アデルは踵《きびす》を返し、来たばかりの裏道を引き返した。二つ目の曲がり角をさっき通った道とは反対のほうへ進み、さらに奥の細い道へ入る。

するとダンッと鈍い音がして、彼女は驚いて足を止めた。

視線の先には、図体のでかい男が二人と、彼らの間に黒いフード付きのローブを着た人物がいる。

「こんなところで何してんだって聞いてんだ」

「いえ、私はちょっと道に迷って……」

身長と声から判断するに、ローブ姿の人物は年若い男性のようだ。

「嘘つけ。この家を覗き込んでいただろう？　怪しいやつだなぁ」

「それは、道を尋ねようと……」

大柄な男二人に絡まれて、ローブの彼は明らかに困っている。

（なんだか情けないわね）

おろおろしてばかりのローブ姿の青年に苛立《いらだ》ち、アデルは後先考えず前に出た。

「ちょっと貴方たち！　こんなところで喧嘩《けんか》でもするつもり？　二対一なんて卑怯《ひきょう》ね」

「ああ？」

「なんだぁ？」

大柄な男二人が同時に振り返った。

彼らはどちらもヒョウ柄のシャツを着て、そのボタンを半分ほど開けている。シャツの隙間から見える胸筋がどこかのダサい商人を彷彿《ほうふつ》させ、アデルは口をへの字に曲げた。

彼らはニコラス信者なのだろうか？

（どちらでもいいわ。今は、ここからどうやって逃げるかが問題よね）

彼女は彼らを睨《にら》みつけ、絶対に引かない意思を示す。

少しでも隙を見せたら終わりだ。

ニコラスから逃げつつ、二人の男も撒《ま》くとなると……

城下町の地図を思い浮かべ、どのルートを通ればいいのか考える。

アデル一人ならなんとかなるが、ローブ姿の男が自力で逃げられるかはわからない。

二人の男たちと睨《にら》み合《あ》う場に、沈黙が満ちる。

「おい、この女……」

少しの間の後、男の一人が何かに気がついたように呟《つぶや》き、それを聞いたもう一人も舌打ちした。

「命拾いしたなぁ、兄ちゃん」

吐き捨てるみたいにそう言うと、二人は路地の奥へ消えていく。

どうやってここから逃げ出すか考えを巡らせていたアデルは、拍子抜けだ。

目撃者がいたらまずいとでも思ったのか。それなら、彼女の口も封じてしまえばいいというのに……もしかして、怖いのは見た目だけだったのかもしれない。

何はともあれ、助かったことに変わりはない。

アデルは黒いローブを被《かぶ》った青年に近づいた。

「貴方、大丈夫？」

話しかけるが、青年は何も答えない。

そんなに怖かったのかと、彼女は内心でため息をついた。

確かに大柄な二人に囲まれて不利な状況だったし、恐ろしいと思うのは仕方ない。だが、もう少し気丈な態度を取らなければ、ますます舐《な》められてしまうだろうに。

「ちょっと、何か言ったらどうなの？　それにね、あんなふうにおろおろしていたら、あっちの思う壺なの。もっと堂々としていないと……ねぇ、ちゃんと聞いている？」

青年が何も答えないので、一方的に喋《しゃべ》る形だ。

じっと固まったままの青年に痺《しび》れを切らした彼女は、彼に迫りフードの中を覗き込む。

「――っ！」

その瞬間、アデルは言葉を失った。

フードのせいでよく見えなかった青年の顔が、あまりにも美しかったからだ。

長い睫毛《まつげ》に縁取《ふちど》られた大きな目、スッと筋の通った鼻、血色の良い薄い唇。肌が日に焼けた色でなければ、深窓《しんそう》の令嬢だと言われても納得してしまいそうだ。

年頃は、アデルと同じくらいに見える。

金髪碧眼《きんぱつへきがん》は、ラングポート王国では珍しい。どうやら、彼は異国から来た旅人みたいだ。それで、目立たないようにフードを被《かぶ》っているのかもしれない。

青年はアデルがいきなり顔を近づけてきて驚いたのか、時が止まったかのように動かなかった。

透《す》き通《とお》るグリーンの瞳が、ただアデルを見つめている。

彼女もあまりに綺麗な彼の顔立ちに見惚《みと》れ、二人の間に沈黙が落ちた。

だがしばらくして、ごくりと青年の喉仏が動いたのを見て、ハッと我に返る。

「っ、コホン！　とにかく、もっとしっかりしなくてはダメ！」

情けないと思っていた男に見惚《みと》れたなんて悔しい。

アデルはわざとらしく咳払いをして、もう一度念を押してから彼に背を向けた。

（はぁ、びっくりした……）

胸に手を当てると、大きな鼓動が伝わってくる。こんなひょろひょろの顔だけ男にときめくなんて、一生の不覚だ。

「はぁ!?」

後悔しているところに青年の声が聞こえ、彼女は再び振り返る。

今、彼はなんと言った?

「美しい」と聞こえたが、一体何が? もしかしてアデルが思っていたことを口に出してしまったのだろうか。

確かにこの青年は美しい顔立ちだが、それだけだ。

アデルがそう結論を出した瞬間、青年はフードを取り、頭を下げた。そして、彼女に礼の言葉を述べる。

「あ、いや、その……助けてくれて、感謝している……ありがとう」

風になびく長めの髪が、キラキラと輝く。

彼は顔を上げ、笑みを浮かべてアデルを見つめた。

「べっ、別に! たまたま通りがかっただけよ。口出ししたのは、貴方の不甲斐《ふがい》なさにイライラしたからで……」

照れ隠しで、つい口調がきつくなる。

だが、青年は気分を害した様子もなく、ひたすらニコニコしていた。

「美しい……」

「ちょっと、貴方ね！　私は怒っているのよ！」

「え？　ああ、そうだね。私は今、貴女《あなた》に怒られているんだ……！」

頬を紅潮《こうちょう》させ、なぜか喜んでいる青年を見て、アデルは眉を顰《ひそ》める。

（どうして喜んでいるのかしら？）

彼女の怪訝《けげん》な表情に気がつかないのか、彼は頬を緩《ゆる》めたままだ。顔立ちが整っているので、とても品良く見えるが……

ぞくっと、アデルの背中に悪寒《おかん》が走る。

（なんだか、これ以上関わらないほうがいい気がする）

「えっと、じゃあ、私はこれで――」

「アデルー？　アデルー！」

アデルがそそくさとその場を立ち去ろうとしたところ、ニコラスの声が聞こえてきた。

「げっ！　ダサリンジャーのニコラス！」

先ほどまで子供たちと遊んでいたせいか、思わずあだ名を口にしてしまう。

「ダサリンジャー？」

「サリンジャー商会の息子のことよ」

ニコラスの二つ名を知らないのは、この国の呑気《のんき》な貴族か内情を知らない異国人くらいだ。そして、ラングポート王国の貴族ならばアデルと面識があるはずなので、やはり青年は旅人に違いなかった。

それはともかく、

「とにかく、逃げるわよ！」

ここで見つかったら、今までの労力が水の泡になってしまう。

アデルは青年の手を取って、ニコラスの声とは反対方向へ走り出した。

「サリンジャー商会……」

「ラングポート王国で一番大きいと言ってもいい商会よ。いろいろな国で商《あきな》いをしているから、他国でも有名だと思うけれど、知らない？」

走りながら説明すると、青年は「ああ、知っているよ」と答える。

「でも、貴女《あなた》はどうして逃げているの？」

「ニコラスの妻にはなりたくないからよ！　それより貴方、宿はどこ？　道に迷っていたんでしょう？　また逃げる羽目になっちゃったし、ついでに送ってあげるわ」

「ああ、宿は――」

青年が口にした場所を聞いて、彼女はまた絶句する。

なぜなら、彼が滞在している宿は城下町で一番値段の張るところだったからだ。

建物自体も大きくて目立つし、町の中心にある。城下にいれば、どこからでも見える豪奢《ごうしゃ》な屋根が目印だ。

いくら城下町の道が入り組んでいるとはいえ、誰も迷わないだろう。現に、今も黄金に光る屋根の装飾が見えている。

（本当に頼りないわね！）

アデルは心底呆れつつ、彼の手を引いて曲がり角をジグザグに進む。そうして少しずつ目的地に近づき、ようやく青年が泊まっているという宿に着いた。

「送ってくれてありがとう。アデルっていうんだよね。助かった」

かなりの距離を走ってきたのにケロッとしている青年は、そこでローブを脱ぐ。うっすらと汗をかいているが、息も乱れていないし、爽《さわ》やかだ。

肩で息をするアデルとは正反対。

よく見ると彼は首も太く、肩幅があって男性的な身体つきをしている。立ち姿も背筋が真っすぐ伸びていて凛々《りり》しい。

走って暑くなったのか、彼はシャツの袖をまくる。

そこから見えた腕はしっかり筋肉がつき、さっきまでの情けない姿が嘘のようだ。

なかなか鎮《しず》まってくれない脈の速さを感じつつ、アデルは呆気にとられて彼を観察する。

彼の服は明らかに上質な生地を使用していて、普通の旅人とは思えない。首元には、高価そうな金色のネックレスが光っている。近づけばきっと、ローブの隙間からその輝きが見えたはずだ。

ということは、先ほどの男たちの目的は追いはぎだったに違いない。

「あ、貴方ね……そんな、格好で……あんな路地裏を、ふらふら、してっ……絡まれるの、当然でしょ！」

アデルは息を切らせて指摘する。

なんて無防備なのだ。

最高級の宿に泊まる身なりの良い青年に、用心棒を雇う金がないとは思えない。

「ああ、ごめんね。貴女《あなた》にも迷惑をかけた」

途端、頬を緩《ゆる》める青年は、到底悪いと思っているようには見えない。

また苛立《いらだ》ちが込み上げてきて、つい大きな声を出した。

「ちょっと！　さっきからニヤニヤヘラヘラして、危機感ってものがないの？　いくら顔がいいからって、世の中そんなに甘くないわ。こんな高級宿に泊まるお金があるなら、用心棒の一人でも雇いなさい！　一人で出かけたいのなら、自分の身くらい自分で守れるようにしなさいよっ‼」

　最後は鼻息荒く叫ぶ。

「うん、わかったよ」

　青年の口から出たのは素直な返事だったものの、ニコニコと嬉しそうな表情は変わらない。

　この男には、自分の活《かつ》がまったく届いていないのだ――そう感じたアデルは、自分ばかり必死になっていることが虚《むな》しくなって、はぁっと大きなため息を吐き出すと彼に背を向けた。

「もういいわ。帰る」

「あっ、アデル！　送ってい――」

「いいってば！　それじゃあ、貴方をここに案内した意味がないでしょう。私は一人で大丈夫よ。さようなら」

　振り返ることなく彼に別れを告げ、屋敷への道を歩き出す。

　ニコラスから逃げ切れたのは良かったけれど、今日はいつも以上に疲れた。なんとも変わった青年に遭遇したものだ。

　自分も風変わりな貴族令嬢だと思っていたが、彼も相当である。

（それとも、文化の違いなのかしら？）

彼がしていたネックレスのプレートの文字は古代文字に似ていて、ラングポート王国のものではなかった。

サリンジャー商会の名を出したときも微妙な反応だったけれど……一体どこの国から来たのだろうか。

（……関係ないわ）

もう二度と会うことはないのだから、考えても意味はない。

でも、一期一会《いちごいちえ》の機会だったのなら、もう少し親切にしてあげるべきだったかもしれなかった。

アデルは青年と行動していた間の自分の態度を思い出し、ちょっぴり後悔する。

自分は彼の言動に怒ってばかりだった。彼はせっかくの旅を楽しみたかったに違いない。だから、笑顔を絶やさずにいたのではないか。

それなのに……

屋敷に戻ってからも、ぐるぐると今日の出来事を反芻《はんすう》する。屋敷から逃げ出した娘を叱《しか》る両親の小言も右から左へ抜けていった。

（もう！　今さらじゃないの！）

過ぎ去ったことをいつまでも考え続ける自分に嫌気が差したのは、湯浴みを済ませ、ベッドに潜《もぐ》り込《こ》んだ頃のこと。

こんなにも気になってしまうのは、青年の美しい顔が印象的だったせいだ。予想外に男性的だった彼の体格も……

目に焼き付いた青年の姿を思うと、なんだかそわそわする。

きっとこれは、この国の文化に不慣れな旅人に親切にできなかった罪悪感のせいだ。

（二度と会わないんだから、気にすることないわ）

アデルは堂々巡りの思考を吹き飛ばすかのように息を大きく吐き出す。

そうだ。どうにもならないことを気にしても仕方がない。

どんな出来事だって、後から思えばなんとなく「あれもいい経験だった」ということになる。旅の道中だったならなおさらだ。

アデルはそう開き直って、ぎゅっと目を瞑《つむ》った。

＊＊＊

翌日。

アデルはいつも通りに起床し、朝食を済ませ、自室でくつろいでいた。もちろん、今日もニコラスが来たときのために逃走準備はしてある。

彼にも仕事があるので、毎日来るわけではないのだが、備《そな》えあれば憂《うれ》いなしだ。

(次はいつ買い付けに行くのかしら？)

ニコラスが外国へ買い付けに行けば、最低でも数日は平和な日々が過ごせる。

そんなことを思いつつ、昨日読みかけだった本を開いたとき――

カタカタカタ、と窓の外から馬車の走る音が聞こえてきた。

アデルは慌てて椅子から立ち上がる。

ニコラスがこれほど朝早くからやってくるなんて珍しい。

(どうしてこんな時間に？)

窓に近づいて外の様子を窺《うかが》った。そして、見えてきた馬車に首を傾《かし》げる。

(あれ……？)

遠目に見えるのは、金色の装飾が上品な白い馬車だった。ニコラスのそれとは似ても似つかない。箱を引いている馬も真っ白だ。

(今度は馬の毛を染めたの？　でも、あの馬車の装飾……)

ダサくない。

ニコラス・ダサリンジャーがまともなデザインの馬車に乗っているなんて、おかしい。

アデルが呆気にとられているうちに、馬車はプランケット邸の門の前までやってきた。

（はっ！　まずいわ。早く逃げないと！　ニコラスだったら大変――）

開いたままだった口を閉じ、踵《きびす》を返そうとしたところで、彼女は再び硬直する。

なぜなら、馬車から降りてきた人物が意外な人だったから。

風になびく金髪に、すらりとした体躯《たいく》――一晩眠って忘れたはずの彼だ。その後ろから付き人らしき格好の男性も降りてくる。

いつもと違う馬車にばかり目がいっていたものの、馬車の後ろには同じ格好の人が何人もついてきていた。

（えっ？　なんで……）

アデルは驚いて部屋を飛び出す。

あの青年は一体なんの用があってプランケット家を訪ねてきたのだろう。しかも、豪《ごう》華《か》な馬車に乗り大勢の従者を引き連れて。

彼はただの旅人ではなかったのかもしれない。いや、確実に違う。この行列を見ても、彼が貴族と同等、もしくはそれ以上の立場にあると容易に想像できる。

だとしたら、昨日の対応は、かなりまずかったのでは……？

階段を駆け下りながら至った結論に、アデルは青ざめる。

玄関では、使用人に呼ばれたらしい両親が同じように青ざめた顔で娘を待っていた。

「アデル……！　お前、アーバリー王国の王子に、何か、失礼を……」

父、ポールが声を震わせて玄関扉へ視線をやる。アデルも釣られてそちらに顔を向け、その向こうにいるだろう人物の姿を思い浮かべた。

「アーバリー王国の、王子……？」

アーバリー王国はラングポート王国の隣に位置する大国で、高い軍事力を誇っている。ラングポート王国とは友好的な関係が続いているが、国王も王子たちもかなりの武人だと聞く。その証拠に、三人いる王子たちはそれぞれ軍隊を指揮しているはずだ。

その王子が昨日の彼……？

大陸一の軍隊を率《ひき》いているなんて、あの青年の情けない様子からは到底想像できない。

「え、あの人が……？」

アデルは伯爵令嬢と言っても、他国の王族との交流なんてないに等しく、隣国の王子の顔など知らなかった。

彼は路地裏でおろおろしてばかりで、王族の威厳など皆無《かいむ》だったというのに……

しかし、身体を鍛《きた》えているのは確かだ。綺麗な顔立ちとは対照的な男性らしい腕をこの目でしっかり見た。宿の前でローブを脱いだときに感じた凛々《りり》しい雰囲気も……

「心当たりがあるのね？　どうしましょう！」

呆然とした娘の呟《つぶや》きを聞いて、母のマーガレットが両手で顔を覆《おお》う。ポールも額《ひたい》に手を当てて悩ましげに唸《うな》った。

「でも、私、悪いことをしたわけじゃないわよ」

態度に問題はあったかもしれないが、どちらかと言えば彼を救ったのだ。

暴漢を追い払い迷子になっていたのを宿へ送り届けたのだから、礼を言われるのならまだしも責められる理由はない。

「それなら、なぜ王子が直々《じきじき》に屋敷を訪ねてくるんだ！　あんなに従者を従えて……何か余計なことをしたとしか思えんぞ」

娘の性格を熟知している父は痛いところを突いてくる。

「それは――」

「あの……お話し中に申し訳ありませんが、セドリック王子をこれ以上お待たせするわけには……」

親子が狼狽《うろた》えているところに、使用人がおずおずと割って入ってきた。

「セドリック王子は、アデル様にお会いしたいとおっしゃっていますが……」

「わかったわ。私が出るから、ひとまずお父様とお母様はここで待っていて」

指名されたのならば都合がいい。自分の失態は自分で対処しなければ。

ゴクリと唾を呑み込んで、アデルは玄関の外へ一歩踏み出した。

「あ！　アデル！」

そこに立っていた王子は、昨日と変わらない爽《さわ》やかな笑みを浮かべ手を振っている。

「昨日は名乗りそびれちゃってごめんね。私はアーバリー王国の第二王子、セドリック・フォン・アーバリーだ。よろしくね」

そしてセドリックは恭《うやうや》しく礼をしながら自己紹介をした。

彼が着ている黒いシャツとスラックス、赤のジャケットはアーバリー王家の正装だ。

返り血が日立たないように赤と黒を使っているというのは、嘘か実か。軍隊の制服と王族の正装は別なのでただの噂《うわさ》だろうが……アデルはちらりとそんなことを思い出していた。

王子の顔までは知らなくても、それくらいの知識はある。また各国の王家の正装を式典などで遠目に見たことはあった。

ただ、国外といえ一貴族の邸宅を訪ねるのに、なぜ正装なのか。

間近で見ると、金色の装飾や刺繍《ししゅう》が華やかだ。

「あっ！　わ、私はアデル・プランケットです。昨日は大変な失礼を……」

セドリックが咎《とが》めるためにやってきたわけではないらしいとわかり、ひとまずホッとする。

しかし、王子に先に名乗らせてしまったり、初対面の男性に対して不躾《ぶしつけ》な物言いをしてしまったりしたことに変わりはない。

「謝る必要はないよ。むしろ、謝罪すべきなのは私のほうだ。お礼が遅くなってしまってごめんね。これを」

「いえ、ありがとう、ございます」

差し出された箱を受け取ると、セドリックの後ろから従者が出てきて、もう一つ箱を置く。

「それは二人の男から私を助けてくれたお礼、これは私を宿に案内してくれたお礼。あと、貴女《あなた》に似合いそうなドレスと靴とネックレスと――」

「え？　え？　あのっ」

ポン、ポン、ポンッと、彼が連れてきた従者たちが一人ずつ持っている箱を玄関先に積み上げていく。

どんどん高くなるプレゼントの山を見て、アデルは頬をヒクつかせた。

「こんなにいただけません」

彼女のその言葉を無視して、セドリックが再び何かの箱を差し出す。

「それで、これが私を怒ってくれたお礼」

「……は？」

最初の二つのお礼はわかる。「似合いそう」という理由で選んでくれたプレゼントも、感謝の気持ちを表しているのだろう。

しかし、今のはなんだか変な理由だった気がする。

「あの、最後の箱はなんのお礼とおっしゃいました？」

聞き間違いだったら恥ずかしいので、アデルは念のために聞いてみた。すると、セドリックが赤らんだ頬を指で掻《か》きながら答えてくれる。

「最後の箱は、私を怒ってくれたお礼だよ」

「……受け取れません」

咄嗟《とっさ》に出た拒否の言葉は、かなり低い声になった。

だが、一つ目の箱を両手で持っているせいで、最後の箱を突き返せない。「私を怒ってくれたお礼」という恐ろしいものが、プレゼントの山の頂上に積まれてしまう。

さらに、最後に出てきた従者がアデルの持つ最初のお礼もその山に加える。

「アデル」

セドリックが跪《ひざまず》き、胸ポケットから小さな箱を取り出した。

「そして、これは婚約指輪だよ」

「は？　え？　婚約⁉」

またかなりぶっ飛んだプレゼントを用意したものだ。

「私は貴女《あなた》に一目惚《ひとめぼ》れをした。私の婚約者として、ぜひ国に連れて帰りたいと思っているんだ。アデル、私と結婚してほしい」

彼が開けた箱の中身は、大きなダイヤモンドがついた指輪だった。

「え、一目惚《ひとめぼ》れ？　けっ、結婚⁉」

「うん、そう。結婚」

アデルの声が引っくり返る。

目をまん丸にして驚く彼女に、セドリックは満面の笑みで頷いた。

「ちょっと、待ってください。いくらなんでも話が飛びすぎです」

下り坂を転がり落ちるかのような急展開に、アデルの頭は追い付けない。でも、この華やかな衣装の理由はわかった。

「そうかな？」

「そうです！　大体、一目惚《ひとめぼ》れって、私のどこに……」

ダークブラウンのカールした髪に、それと同じ色の瞳。肌は白いほうだが、吊り目ではっきりした顔立ちは「気が強そう」だと男性には不評だ。

「どこって、全部かな？　髪の毛はふわふわで可愛らしいし、意志の強そうな瞳はグッとくる。私を叱《しか》ってくれる声も毅然《きぜん》とした態度もかっこ良くてぞくぞくするよ」

セドリックは恍惚《こうこつ》の表情で彼女を褒《ほ》める。お転婆《てんば》だと敬遠されがちな言動まで彼の心に刺さってしまったらしい。

女性に叱《しか》られるのが好きであると聞こえる発言は、正直気持ちが悪かった。

「それは光栄です……でも、私は自分より弱い男性《ひと》を好きになれません。それに、お気持ちはありがたいですが、私みたいなお転婆娘《てんばむすめ》が王子様の妃になるなんて、皆が反対するでしょう。セドリック様は旅先でちょっと気分が高揚《こうよう》しているだけですよ。一度冷静になったほうがよろしいかと思います」

アデルはできる限り丁寧な言葉を選びながら、隣国の王子の求婚を断る。

だが、彼はそれを聞いて「ああっ！」と叫び、仰《の》け反《ぞ》った。片手で心臓の辺りを押さえ、もう片手を顔の前に掲《かか》げて目を細めている。

太陽は彼の後ろ側にあるというのに、一体何が眩《まぶ》しいというのだ？

「その強気な態度！　冷たい視線！　丁寧な言葉遣いとの温度差がすごくイイ‼」

「えっ？　気持ち悪い」

先ほど心の中で思ったことが、今度は口に出てしまった。

すると、セドリックがその場に膝をつき、口元を手で押さえて肩を震わせる。

王子である彼は、女性に「気持ち悪い」と言われたことなどないだろう。

地面に崩れ落ち身体を震わせるとは、相当ショックが大きかったに違いない。いくらなんでも王子に対する発言として不適切だった。

「あの……すみません。さすがにちょっと言いすぎ――」

アデルが謝ろうと身を屈《かが》めたところ、ポタリと地面に染みができる。よく見ると、王子の手から赤い雫《しずく》が零《こぼ》れていた。

「え⁉　ちょっ、血が！」

ぎょっとした彼女は、狼狽《ろうばい》しつつハンカチを差し出す。すると、それを受け取ったセドリックが顔を上げた。

「ありがとう……はぁ、失礼。興奮して鼻血が……」

「は⁉」

彼はハンカチを鼻に当て、うっとりと目を細める。

「いや、気持ち悪いなんて言われたのは初めてで……あ、いい匂い……」

「ぎゃーっ!?　ひえぇっ、やめて、使わないで――」

アデルは慌ててハンカチをひったくったものの、お気に入りの花柄は赤く色を変えている。思わず淑女らしからぬ悲鳴を上げてしまった。

「い、いやああああ！」

王子の血に濡れたハンカチを投げ捨てて叫びながら屋敷へ逃げ戻り、思いっきり玄関の扉を閉める。

「アデル様!?」

「鍵を閉めて！　あのドM王子を屋敷に入れたらダメよ！」

困惑する使用人に向かって叫び、階段を駆け上がった。後ろから両親が何か叫んでいたようだが、それを聞く余裕など彼女にはない。

――無理だ。

女性に怒られて嬉しそうにしたり、「気持ち悪い」と蔑《さげす》まれて興奮し鼻血を出したりする王子なんて！

ましてや、そんな男と結婚など――

「――絶対に嫌!!」

自室まで一目散《いちもくさん》に駆け、乱暴に閉めたドアを施錠《せじょう》する。窓も同様に閉じカーテンも閉めて、アデルはベッドに飛び込んだ。

震えが止まらない。

こんなことならば、両親の言いつけを守っておとなしく伯爵令嬢としての教育を受けていれば良かった。

城下町で皆にチヤホヤされていい気になっていたから、天罰が下ったのだろうか。

今さらながら自らの行《おこな》いを後悔する。

あらゆる流行の先駆者でありながらダサい商人に、女性に罵《ののし》られて鼻血を出す隣国の王子。

変人にばかり好かれてしまうのは、彼女が貴族社会に溶け込めない変わり者であるせいな気がしてきた。

だが、いくら類は友を呼ぶと言っても、自分はあんなにひどくない……と思う。彼らとは友達になるのだってお断りしたい。

(結婚なんて絶対にしないわ)

どんなに変わり者だと揶揄《やゆ》されようと、変態と添《そ》い遂《と》げるより一生独り身でいるほうがマシだ。

枕を力強く抱き締めて、アデルはそう心に誓うのだった。

＊＊＊

翌朝。

アデルはベッドの上でぼんやりと視界が定まるのを待った。

いつもの起床時間ではあるが、昨日の出来事を何回も夢に見たせいで、寝不足である。

霞《かすみ》がかった視界がだんだんと晴れていくと部屋の隅にプレゼントの山が見えて、ますます気分が重くなった。

「……夢じゃない」

目頭を押さえ、項垂《うなだ》れる。

あの鼻血騒動の後、セドリックはアデルの両親に挨拶をして帰ったらしい。

どんな技を使ったのか、彼はプランケット伯爵夫妻の懐《ふところ》に入り込み、プレゼントをすべて彼女の部屋へ運ばせた。

（お父様もお母様も単純なんだから！）

娘の粗相《そそう》を心配していた二人は、思わぬ出来事に歓喜している。

嫁《い》き遅《おく》れに片足を突っ込んだ娘への求婚——しかも、それが隣国の王子からの申し出となれば、断る理由などない。

（いいえ、あるわ。あの人はドM王子なのよ。それだけで十分、私には拒否する理由になる）

舞い上がっている両親をどうにかして説得しなければ。

フンッと鼻を膨らませ、アデルは勢い良くベッドから抜け出した。枕元の紐《ひも》を引き、世話係を呼び出す。

すぐにやってきた彼女に着替えを手伝ってもらい、リビングへ下りた。

なんだか扉の向こうが賑《にぎ》やかなことを怪訝《けげん》に思いつつ、中へ入る。

「——そうしたら、アデルが颯爽《さっそう》と現れて、私を暴漢から救ってくれたのです！　ああ、なんて勇敢な女性だ。美しく可憐《かれん》でありながら逞《たくま》しい花。私は彼女に一目惚《ひとめぼ》れしました」

「まぁまぁ、そんなふうに言っていただけて光栄ですわ。ご存じの通り、娘は淑《しと》やかさとはかけ離れていて……なかなか縁談が決まらず心配していたのです。けれど、それもセドリック様に出会うためだったのですね」

「ええ。私もこの出会いには運命を感じています」

「不束《ふつつか》な娘ですが、よろしくお願い——」

「ちょおぉぉっと、待ったあぁ！　勝手に話を進めないで!!」

一体どこから突っ込めばいいのやら。

アデルはひとまず、勝手にまとまりそうだった話を遮《さえぎ》った。そして、くつろいだ様子でテーブル席についているドM王子――もとい、セドリックを睨《にら》みつける。

「どうしてセドリック様がここにいるのですか!?」

「やぁ、アデル。おはよう。今日も美しいね」

彼はひらひらとアデルに向かって手を振っていた。その向かい側に座っていた母、マーガレットも振り返り、微笑《ほほえ》んだ。

「あら、アデル。おはよう。セドリック様が朝早くから貴女《あなた》を訪ねてくださったから、朝食を一緒にとご提案したのよ」

おっとりした母の口調に、娘は項垂《うなだ》れる。

普通、こんな時間に来訪する人間がいたら、非常識だと怒るところだ。王子だから無《む》下《げ》にできないとしても、朝食にまで誘うなんて。

マーガレットは生粋《きっすい》のお嬢様で、ちょっと天然なところがある。彼女は親が決めた縁談でプランケット家に嫁《とつ》いだのだ。

だが、両親の仲はいい。

伯爵家の当主として厳しく育てられ、やり手と評判の父、ポールと、のんびりとマイペースな母、マーガレット。

正反対のようだけれど、バランスが取れている。

ポールの仕事が行き詰まっても、母は「なんとかなる」と気楽に考え、父を責めたりしない。一方で、ぼんやりしている彼女の手は、ポールがしっかりと引いている。

自分にはない部分を補い合う。そんな夫婦関係は、理想的でもある。

「お母様、どうしてセドリック様を招き入れたのですか？　セドリック様もこんな朝早くから訪ねてくるなんて、どうかと思います。それに、お父様はどちらに？」

「お父様はもうお仕事へ行きました。今日はサリンジャー商会の船が朝早くに到着するとおっしゃっていたわ」

「プランケット伯にも朝食にお邪魔する許可はいただいているよ。ちょうどお出かけになるところだったのでね」

二人はそれぞれに答え、穏《おだ》やかな笑みを浮かべて紅茶を啜《すす》った。呆れるほどに息がピッタリである。

父がいれば自分の話も聞いてもらえるかもしれないと思っていたのに、直接セドリックに会っていたと聞き、アデルは危機感を覚えた。

そもそもニコラスを宛《あ》てがおうとした時点で、ポールは正常な判断能力を失っていると考えるべきだったかもしれない。

お転婆娘《てんばむすめ》と有名で貰い手が見つからない娘の将来を憂《うれ》えていたところに、王子の求婚。ポールが商人と王子どちらをとるかなど明白である。

これはまずいことになった。

「お母様！　昨日のセドリック様とのやりとりは、見ていらしたのでしょう？　お父様も……セドリック様は私に怒られて喜ぶような人よ。変だと思わないの？」

本人を前にしてかなり失礼な発言だという自覚はあるが、それで諦めてもらえるのなら構わない。

そんなアデルの必死の抵抗にも、残念ながらセドリックはまったく不快そうな表情を見せなかった。それどころか、照れて頬を染め後頭部を掻《か》いている。

マーガレットも小首を傾《かし》げて、不思議そうな顔だ。

「貴女《あなた》のことを受け入れてくれる、とても素敵な人じゃない。お父様も喜んでいたわ。セドリック様は偏見のない、寛大で素晴らしいお方だって」

「寛大……」

物は言いようとは、まさにこのことだ。

アデルは頬をヒクつかせた。

「しっかりしてよ、お母様。絶対におかしいでしょう！　私に『気持ち悪い』と言われて鼻血を出すような人なのよ！」

「あら。鼻血くらい珍しいことじゃないわ。ポール様だって私と初めて――」

「それは私が聞いてはいけない話だと思うわ」

自然な流れで夫の秘密を暴露しようとするマーガレットを遮《さえぎ》って、アデルはテーブルに両手をつく。

ガタガタッとテーブルが揺れるのに合わせてティーカップが震え、紅茶が波立った。

「とにかく！　セドリック様みたいな情けない人はお断りです。強くて頼れる男性が見つからなければ、一生独り身で構わないわ」

「まぁ！　それはダメよ。プランケット家の存続に関わるわ」

「それを言うのなら、ますますセドリック様は私の夫にふさわしくありません。彼はアーバリー王国の王子なの。プランケット家に婿《むこ》養子として入れる立場ではないでしょう」

アデルはちょうど良い断りの理由を見つけて、フフンと鼻を鳴らす。

セドリックはアデルを自国へ連れ帰って結婚したいと言った。彼は王子で、後継ぎを求められる立場である。仮にアデルが嫁《とつ》いで彼の子を産んだとしても、その子にプランケット家を継がせることはできまい。

「それなら心配いらないよ」

ところが、今度はセドリックが口を開いた。

「私は第二王子で、王位継承権は第一王子の兄にある。兄は二年前に結婚し、その後すぐに息子に恵まれた。第二子ももうすぐ生まれる予定だ」

近々、隣国の第一王子が戴冠《たいかん》するという噂《うわさ》は彼女も知っている。セドリック曰《いわ》く、兄もその息子も健康で、彼に王位はほぼ回ってこないそうだ。

「私はアーバリー王国の軍を率《ひき》いる予定だけれど、第三王子の弟とともにやっていくことになるから、必ずしも子を後継ぎに据《す》える必要はないよ。それに、私は三人くらい子が欲しい！　その中で、プランケット家の商才を一番濃く継いだ子を当主にと考えているんだ。もちろん、やりたいという子がいれば希望は聞くよ」

したり顔で片目を瞑《つむ》ってアピールしてくるセドリックに、アデルは開いた口が塞《ふさ》がらない。

まだ結婚を承諾すらしていないのに、勝手に家族計画まで立てているなんて、一体どういう神経をしているのだ。

一方のマーガレットは、胸の前で両手をパンッと合わせ、ご機嫌な様子だ。

「とってもいい案でしょう？」

「よくありません！」

ぴしゃりと言うと、母は眉を下げて瞳をうるうるさせた。

「う……そんな顔をしてもダメよ」

美人の泣き顔は良心に刺さる。

アデルはしおらしい母の表情にたじろいだ。

目尻に皺《しわ》が目立ってきたとはいえ、実年齢より若く見える肌の艶《つや》、大きな目に小さな鼻と唇。

我が親ながら、美しい女性である。

瞳の色こそ母譲りだが顔立ちは父親似のアデルは、いつも母の容姿を羨《うらや》ましいと思っていた。

「そうよね……ごめんなさい、アデル。私が男の子を産めなかったせいで、貴女《あなた》に責任をとらせるようなことに……いいの。私がいけないのよ」

「それはお母様のせいじゃないわ！」

「でも、私は後継ぎを産むというお役目を果たせなかったから」

マーガレットとポールの間にはなかなか子供ができず、母は苦労をしたと聞いている。

アデルを身篭《みごも》ったのは結婚して随分経ってからで、その後、母が懐妊することはなかった。

それが原因で彼女は生家と疎遠になっており、アデルも母が肩身の狭い思いをしていることを知っている。

特に祖父は、男子を産めなかったマーガレットを一家の恥だと切り捨てた。

(男の人って……)

もちろん全員がそんなひどい人ではない。

だが、身近にそういう男性がいることで、アデルは少なからず「結婚」がもたらす悲劇を知ってしまった。

俯《うつむ》く母を見つめ、両拳《りょうこぶし》を握《にぎ》り締《し》める。

マーガレットの劣等感を刺激した自分の浅はかな発言を後悔した。

「そんなふうに言うのは感心しませんね。生まれてきたアデルに対して、何より命懸けでアデルを産んだ貴女《あなた》自身に対して、失礼な言葉だ」

しばらく続いた沈黙を破ったのは、セドリックだ。

驚いたアデルは、彼に視線を向ける。

柔らかな口調は変わっていないのに、彼の纏《まと》う空気がピリッと締まった気がする。その目がとても真剣なせいだろうか。

それに、そんなことを言ったのは、彼が初めてだ。

今までも後継ぎの話題が出たことは多々ある。アデルはそのたびに落ち込む母を慰《なぐさ》めていたが、いつも「お母様のせいではない」としか言えなかった。ただ寄り添うことしかできない自分をもどかしく思っていたのだ。

自分が男だったら、母は悲しい思いをせずに済んだのに――そう考えたことは、一度ならずある。

ポールもきっと同じだろう。

妻が傷つく姿を見て、責任を感じているのだ。プランケット家に迎え入れなければ、あるいは――と、酒に酔った父が吐露《とろ》しているのをアデルは聞いてしまったことがある。

両親も娘も皆、それぞれ自身を責めていた。

そんな中、セドリックは誰も否定しない。

彼は「男子を産めなかった」のではなく「女子を産んだ」ことの価値を思い出させてくれた。

そうして、アデルが生まれたことを肯定する。

心の中で引っ掛かっていた何かが溶けていくような感覚に、彼女は思わず胸に手を当てた。そこから伝わる鼓動は少し速い。

マーガレットも顔を上げ、驚いた表情で王子を見つめる。

するとふいにセドリックが席を立ち、マーガレットのほうへ近づいた。

「少なくとも、私は貴女《あなた》にとても感謝しています。私がアデルに出会えたのも、貴女《あなた》が彼女を産んでくださったから。立派に育ててくださったおかげですからね。今日まで彼女をお嫁に出さずにいてくださったことも含めて……ありがとうございます」

彼女の隣に跪《ひざまず》き、その手を取って甲に口づける。

「……そうよね。ごめんなさい。私ったら……アデルも、ごめんね。私は貴女《あなた》が生まれてきてくれて幸せよ。それは間違いないわ」

「私も、お母様の子で良かったわ」

母に笑顔が戻り、アデルも頬を緩《ゆる》めた。

「セドリック様、ありがと――」

「それに、心配は無用です。アデルと私でプランケット家をより繁栄させてみせましょう！　私には確信があるのです。アデルと私はきっと相性がいい。子宝にもすぐに恵まれるでしょう」

「え……？」

せっかくちょっと見直したところだったのに、根拠のない自信を前面に押し出す王子に、アデルの中ですぅっと何かが引いていく。

感動を返してほしい。

それなのにセドリックはくるくると回ってこちらに近づき、彼女の腰を抱いた。

「気安く触らないでください」

「ああっ……！　アデルが与えてくれるものならば、痛みすら愛《いと》おしいね」

ぺしっと腰に添《そ》えられた手を叩くと、彼はアデルが触れた手の甲を頬に擦《こす》り付《つ》ける。

「気持ち悪いことを言わないでください。そんな簡単に子孫繁栄を約束するのはどうかと思います。後継ぎができるかどうか、生まれてくる子が男か女かだって生まれてみなければわからないのに、無責任です。大体、私は貴方と結婚すると言っていません」

彼女が思いきり顔を背《そむ》けると、セドリックがくすっと笑うのが聞こえた。

「後ろ向きな考えは良くない。私はアデルとなら素晴らしい家族になれると思う。生まれてくる子は男でも女でも構わないんだ。最近は女性を君主に据《す》える国もあるし、子供に恵まれなくても人生が終わるわけではない。いつだって何かしらの解決策はある。要は、それを一緒に考えられるかどうかだと私は思うよ」

人の上に立つ者だからなのか、セドリックの考えはアデルの周りにいる人たちとは少し違う。

彼らが今さらどうにもならない事柄に悩んでばかりだったのに対し、彼はこれからどうするかを考えている。

常に未来を向いている、そんな彼の姿勢は尊敬できた。

「……前向きなんですね」

「惚《ほ》れてくれたかな？」

思わず口をついて出た言葉を拾い、王子が明るい声を出す。

変わっているのがそれだけならば、アデルは二つ返事で彼と結婚したかもしれないが……

「そんなことでは絆《ほだ》されません！」

「あっ、今の言い方……すごくいい！　胸に刺さる！　じんじん来る！」

くぅっと苦しそうに蹲《うずくま》る王子を尻目に、アデルはようやく自分の席についた。

セドリックは恍惚《こうこつ》の表情で胸を押さえ、「その呆れた視線も痺《しび》れるな」なんて変なことを言いながら自分の席へ戻る。

「あらあら。アデルとセドリック様は仲良しね。出会って間もないのに、こんなに息の合ったやりとりができるなんて、運命は本当にあるのねぇ。うふふ。私も当てられちゃいそうだわ」

「お母様……どこをどう見たらそうなるの？　って、セドリック様は本当にここで朝食をとるおつもりですか？」

一連の会話が一段落する頃を見計らっていたのか、ようやく運ばれてきた朝食は三人分だ。

アデルは当たり前のようにテーブルについている彼をじとりと睨《にら》む。さすがの彼も悪いと思ったのか、苦笑しつつ困った様子で頰を掻《か》いた。

「やはり、母娘の団欒《だんらん》に水を差すのはいけないかな」

「そんなことありませんわ。お食事は皆でしたほうが美味《おい》しいですもの。それに、もう用意してしまいましたから、どうぞ召し上がっていってください」

マーガレットがそう言うと、セドリックはアデルのほうを見て首を傾《かし》げた。彼女の許可を待っているらしい。

屋敷で二番目に決定権のある母がいいと言っているのだ、アデルがなんと言おうと関係ない。それでも彼は、彼女に許しを請《こ》うていた。

じっと彼に見つめられ、なんだかそわそわしてくる。

「王子様のお口に合うかはわかりませんが、どうぞ。でもっ、食べたらすぐに帰ってくださいね！」

早口にそう言うと、彼女は自分のスープに集中した。

（お母様のことを元気づけてくれたもの）

セドリックは変わり者だが、母と自分の心を軽くしてくれたことは間違いない。そのお礼くらいしても、罰は当たらないだろう。

そう自分に言い聞かせる。

「ありがとう。では、いただきます」

きちんと挨拶をし、セドリックは綺麗な所作で食事を始めた。

王子としての教育を受けているのだから当たり前かもしれないが、丁寧で行儀の良い彼の所作は素晴らしい。

王城の食事より質素だろうに、文句を言わないどころか、「美味《おい》しい」と言って食べる。

お抱えシェフの料理は、プランケット家の自慢の一つでもある。アデルが作ったわけではないが、褒《ほ》められれば嬉しい。

彼は王子という地位をひけらかすことはなく、気遣いもできる。真面目に彼女の話を聞き、答えてくれる。

セドリックはしっかりと自分の考えを持つ大人の男性だ。

昨日はわからなかった彼の一面を知ってしまい、アデルはなんだか落ち着かなくなった。

(顔もいいし、ニコラスみたいにダサいわけじゃないし……って、違う！　お付きの人がいるからよ。ダサくなりようがないわ。それに、ドM！　セドリック様はドM王子なの！　騙《だま》されたらダメよ、アデル)

つい結婚相手としての条件を考えてしまった彼女は、自分の考えを振り払おうと首を左右に振った。

朝食を終えたら、速《すみ》やかにお引き取り願おう。

セドリックだって、この短い休暇期間に本気で彼女とどうこうなれるとは思っていないはずだ。

所詮は王子の戯《たわむ》れである。

そうでなければ、何かの陰謀――？

(そんなわけないわよね)

隣国の王子が他国の伯爵家に何を求めるというのだ。

アーバリー王国のような大国が、一伯爵家の貿易権や造船業に興味があるとも考えにくい。

プランケット家がもたらす利など、たかが知れている。わざわざ隣国の伯爵領に手を出さずとも、彼らには彼らのルートがあるのだ。

どちらにしろ、アデルはセドリックに嫁《とつ》ぐつもりはない。
食事の後に再度お断りしようと決意しつつ、彼女は残りのスープを飲み干した。

第二章　ドM王子のSな一面

数日後。

読みかけだった本を開きながら、アデルは大きなため息をついた。

この本はいつになったら読み終えることができるのだろうか。

開いた窓の外から、馬車が近づく音がする。ちょっと重そうな車輪の音からして、今日はニコラスのほうだ。

彼にはすでに父が断りを告げたらしい。

だが、それでも諦めようとしないのは、図々《ずうずう》しいとしか言いようがなかった。そんなに爵位が欲しいのか。

ただ、彼は貴族の都合に振り回されたのであり、そこには同情を覚える。

(でも、別に婚約者候補は他の商会にもいたし……)

自分にはアデルは手に負えないと思う若者が大半の中で、堂々と名乗りを上げていたのがニコラスだけだったのだ。

アデルは本を棚に戻して窓を閉めると、そっと自室から抜け出した。音を立てないよう慎重に階段を下りて庭へ行き、垣根の隙間から敷地の外へ出る。

ドレスについた葉っぱを叩いて落とし、城下町へ走った。

今日はどこで匿《かくま》ってもらおうか。

ここのところ、セドリックも毎日のようにアデルを追いかけてくるため、避難場所の確保が難しいのだ。

（港のほうへ行こうかしら）

港の市場なら人が多いので紛《まぎ》れやすい。

そう思って角を曲がった彼女は、そこで急に手を掴《つか》まれた。

「アデル！」

「きゃっ⁉」

ぎょっとしてその人物を見ると、黒いローブに身を包んだセドリックだ。

「セドリック様……驚かさないでください」

「ああ、ごめんね。アデルが会いに来てくれて感激してしまって」

彼はアデルの手を両手で握《にぎ》り、顔を輝かせる。

「いえ、セドリック様に会いに来たわけではありません」

まったくの偶然だ。

「確固たる拒絶の意思がいいね。ドキドキが止まらないよ！」

頬を染め満足そうな顔になったセドリックを見て、アデルは眉間を押さえて唸《うな》る。

この王子には何を言っても無駄だ。

出会って間もない彼女でも、それだけは理解できた。

「それより、どうしてこんなところにいるのですか？　この前、変な人に絡まれていたばかりなのに不用心です」

「心配してくれるの？　優しいね」

「べっ、別にそういうわけじゃありません」

慌てて否定したのに、セドリックはニコニコしたまま彼女の手を握《にぎ》る。

「アデルに会えたのはラッキーだな。港へ行きたくてね。せっかくだから、一緒に行こう」

そのまま港のほうへ歩き出すので、手を引かれているアデルは転ばないように足を動かす。

「セドリック様!?　待ってください。勝手に話を進めないでくださいってば。大体、また一人で行動して……私を訪ねてきたときの従者はどうしたんです？」

以前彼女に大量のプレゼントを持ってきた日、彼は八人ほど従者を連れていた。毎回全員を伴《ともな》えとは言わないが、せめて一人か二人くらい護衛をつけるべきだ。

「彼らにも休みは必要だよ。それに、私は休暇中なんだ」

なんてことないように放たれた彼の言葉が引っ掛かり、アデルは首を傾《かし》げた。

「休暇中でも護衛は必要でしょう。あれだけ人数がいるのなら、交代で任務に就いて……」

「無粋《ぶすい》なことを言わないでよ。アデルと過ごすのに彼らがいたら、イチャイチャできないじゃない」

セドリックはおどけてそう言うと、彼女の肩を抱き寄せて密着する。

「ちょっと、くっつかないでください！　歩きにくいです。イチャイチャなんてしませんから」

「はぁ……アデルの肘《ひじ》……いいね」

アデルとしては、結構強めに抵抗したつもりだったのだが、彼は肘《ひじ》が入った胸の脇辺りを愛《いと》おしそうに撫《な》でている。

ビクともしない身体は、体幹がかなり鍛《きた》えられているようだ。

そんなことを考えていると、彼が再びアデルの手を取り、港の市場へ入っていった。

「元気も注入してもらったし、デートを楽しもう！」

「気持ち悪いことを言わないでください。デートじゃないですし」

痛くないとしても喜ぶのはおかしい。彼女は彼に乱暴を働いたのに。

しかし、セドリックは再び「ああっ」と大げさなほど仰《の》け反《ぞ》って、空《あ》いているほうの手を胸に当てた。

「アデルが『気持ち悪い』って言ってくれると、ときめくよ」

「頭がおかしいんじゃないですか？」

悪口を言われてときめく人間は、この世界にどれくらい存在するのだろうか。

「うん。おかしくなってしまいそうなくらい、アデルが可愛いからね」

「かっ、可愛くないです。変なことばかり言わないでください」

「変じゃない。本当のことだよ。貴女《あなた》はとても可愛い。そうやって恥ずかしがるところが特にね。私のことを怒るときの凛々《りり》しい貴女《あなた》も好きだけれど」

片目を瞑《つむ》って言い返され、アデルは自分の顔が真っ赤になるのを感じた。

セドリックは、なぜこんなにもサラッと「可愛い」とか「好き」とか、言えてしまうのか。ひょっとして、これも王子としての教育の成果なのかもしれない。礼儀として、女性を褒《ほ》めるように教えられているのだ。

「ひゅ～！　熱い、愛の告白ね」

ふいに、ちょうど通り過ぎようとした果物屋の店主が、口笛を吹いた。二人が言い合う様子をどう勘違いしたのか、嬉しそうだ。

かなり訛《なま》りのある喋《しゃべ》り方なので、異国の商人だと思われる。

この港は異国の人間でも店を出せる特別区域で、かなり活気があるのだ。船でやってきた人たちが自国の特産品を売り込もうと、いつ来ても一生懸命客寄せをしている。

「お二人、新婚さん？」

「違――」

「残念ながら、まだ求婚中なんですよ」

茶化されてさらに顔を赤くするアデルとは対照的に、セドリックは相変わらず余裕でにこやかに対応する。

「そうなの？　イチャイチャしてる、夫婦かと思ったよ。息ぴったり」

「それは嬉しいな。ねぇ、アデル」

「嬉しくありません！」

アデルがセドリックを睨《にら》むと、それを見ていた店主が豪快に笑い出した。

「お嬢さん、恥ずかしがり屋。このリンゴと同じね！　顔赤いいにして、可愛い」

「へぇ、美味《おい》しそうですね」

「二人にあげる」

店主はそう言うと、リンゴを二つ投げて寄越す。そのうちの一つが向かってきたため、アデルは慌てて手を出した。

「えっ、わわ！　ありがとう」

「ありがとうございます。美味《おい》しいリンゴだと宣伝しておきますよ」

セドリックは危なげなくリンゴをキャッチして、店主にお礼を言う。

「よろしく！　お幸せにね」

手を振って見送ってくれる店主に苦笑いしつつ、アデルは手を振り返した。かなり陽気で気前のいい商人だ。

「本当に美味《おい》しそうだね。サイズは小さめだけれど、よく熟しているみたいだ」

自分の手のひらに収まるくらいのそれをじっくり眺《なが》め、セドリックが匂いを嗅《か》いだり感触を確かめたりする。そして、口元に持っていったかと思うと、躊躇《ためら》いなくかぶりついた。

「……ん！　歯ごたえもしっかりしていて、甘くて美味《おい》しい」

彼は目を見開いてリンゴの質の良さに驚く。

王子が果物を丸かじりするとは意外で、アデルは思わず彼をじっと見つめた。

すると、驚きと感心の色が浮かんでいた彼の頬が緩《ゆる》み、だらしない表情になる。一体何を考えているのだろうか。

嫌な予感しかしない。

「真っ赤なリンゴ……アデルみたいなリンゴ……私はアデルを食べてしまっている……！　はあぁぁっ！　なんて背徳的な行為だ」

「へっ、変な言い方しないでください！　セドリック様はリンゴをかじっただけです」

「そうか。かじったら痛いよね。私は貴女《あなた》にかじられたいと思うけれど」

何を納得しているのか、セドリックは一人でコクコクと頷いた。アデルはガックリと肩を落とし、彼の手を離す。

「もう知りません」

「あっ、アデル！　待ってよ」

先に歩いていこうとする彼女を、セドリックが追う。

その後も、彼が変態発言をしアデルが突っ込むというやりとりを続けながら、二人は市場を通り抜けた。

途中、何度か店主や通行人に仲の良さをからかわれ、そのたびにアデルは顔を真っ赤にして関係を否定する。

しかし、それが照れ隠しだと思われて、かえって勘違いがひどくなった。

セドリックが余裕の態度で彼女への気持ちを言葉にするものだから、なおさらだ。照れ屋な妻を溺愛《できあい》する夫という構図ができてしまい、アデルは悔しくて地団太《じだんだ》を踏む。

「もう！　セドリック様のせいで、勘違いされっぱなしです」

「私の気持ちは本当だよ。アデルだって、なんだかんだ言って私に付き合ってくれているし、私のこと嫌いではないでしょう？」

市場を抜けてから抗議をすると、彼は不思議そうな顔でそんなことを言った。

「それは、セドリック様がまた迷子になったら困るからです。仕方なく、です。市場も一通り見ましたし、もう帰りますよ。また宿まで見送りますので……というか、あの屋根が見えますか？　あの黄金の屋根がセドリック様のお泊まりの宿のもので、町のどこからでも見えるようになっているんです。迷うなんて信じられません」

「あ、本当だ」

彼女が指さす方向を見て、今さら気がついたらしい。セドリックは頭を掻《か》きつつ、照れくさそうだ。

なんとも頼りない王子である。先日、母と三人で朝食を囲んだときは、しっかりしているところもあるのだと見直したのに……

アデルは大きなため息をつき、彼に背を向けた。

「それじゃあ、行きましょ――」

「アデル。待って」

「きゃっ」

そのとき、急にセドリックがアデルを抱き締めた。そのまま近くにあった大量に積まれた箱の陰に連れ込まれる。

彼のローブの中へすっぽり収まると、男性用の香水の匂いが鼻孔をくすぐった。

頬に触れる彼の胸はしっかりしていて、身体を引き寄せる腕も逞《たくま》しく、ドキドキしてしまう。

「ちょっと！　何す――」

「シーッ」

少しでもときめいた自分が恥ずかしくて、アデルはセドリックの胸板を叩いて抗議した。けれど彼は、一層強く彼女を抱き締める。

耳元に彼の吐息がかかり、アデルは首を竦《すく》めた。そして思わず口を噤《つぐ》んだところに、パタパタという足音が聞こえてくる。

「アデルは見つかった?」

「いえ、それがまだ……申し訳ありません」

その声から、一人がニコラスだというのはすぐにわかった。

もう一人は彼の部下だろう。商会の仕事のみならず、彼女の捜索まで手伝わされているなんて災難なことだ。

そういえば、アデルはニコラスから逃げたくて港へやってきたのだった。

「またニコラスから逃げていたんだね」

ふいに聞こえた中低音の色気がある囁《ささや》き声に、彼女の背筋にぞくぞくっと震えが走る。

なんだか今までのセドリックの雰囲気とは違う気がして、アデルは上目遣いに彼の様子を窺《うかが》った。

すると、彼の顔が目の前に迫ってくる。

アデルは仰《の》け反《ぞ》り、それと同時に彼がさらに一歩近づいて、彼女の背が箱に当たった。

幸い中身が入ったままらしく、積み上げられた箱は少しずれただけで動かない。

「ちょっと、セドリック様――」

「静かに」

彼の人差し指が彼女の唇に優しく押し付けられる。

「僕は学校のほうへ行こう。君は教会のほうへ」

「かしこまりました」

そんなやりとりが聞こえ、ニコラスとその部下のものと思われる足音がそれぞれ遠ざかっていく。

しかし、アデルはその場で固まったまま動けずにいた。

セドリックがずっと彼女を見つめているせいだ。彼の真剣な眼差《まなざ》しに搦《から》めとられたみたいに、身体が固まっている。

「……不用心なのは、貴女《あなた》のほうでは？」

「え……？」

穏《おだ》やかな笑みを浮かべる彼に言われた言葉の意味を理解できず、彼女は呆《ほう》けた声を出した。

心臓の音がうるさくて、周りの音が聞こえない。

彼の人差し指がアデルの下唇をつぅっとなぞり、その手が頬に添《そ》えられる。

(何……)

息を呑む彼女に近づいてくる、端整な顔。

突然の出来事に、アデルの頭は追い付かない。

セドリックの様子がやはり今までと違う。これではまるで……

「アデル」

「——っ、ダメッ！」

彼の唇が触れる寸前で、彼女は両手を突っ張った。思いきり彼の身体を押しのけて、その場から逃げ出す。

後ろから王子の声が聞こえたが、それを振り払うように全速力で走った。

市場から町の中心部へ一目散《いちもくさん》に戻り、大きな通りの人ごみに紛《まぎ》れる。さらにそこから細い道へ入り、曲がり角は左右交互に進んだ。

そうして辿《たど》り着《つ》いたのは、学校。

よく逃げ込む場所だから、無意識にやってきてしまったらしい。

——僕は学校のほうへ行こう。

先ほどニコラスがそう言っていたのに、なんて失態だ。

アデルは急いで引き返そうとしたものの、気づくのが少し遅かった。

「アデル！　やっと見つけたよ」

「ひっ！　ニ、ニコラス……ごきげんよう」

先の曲がった変な帽子が一番に目につく。

彼がかけている太くて真っ赤なフレームの眼鏡は、重そうだ。フリルのたくさんついたシャツの合わせは大きく開いていて、鍛《きた》え上《あ》げた胸筋が見える。

こんなにも主張されると、男性らしい逞《たくま》しさを超えてむさ苦しい。

それに比べて、セドリックの身体つきは一見細く見えるものの程良く筋肉がついていて綺麗だったと、アデルはふと思い出した。

軍人でもあるセドリックがすらりとしていて、商人のニコラスがムキムキというのもおかしい気がする。

一気に先ほど抱き締められたときの王子の身体の感触が蘇《よみがえ》り、彼女は両手で頬を押さえた。

「……デル。アデル？」

「えっ？　あ、何か、私にご用かしら？」

一瞬の後、ニコラスの声に現実へ引き戻された彼女は、咳払いをして気を取り直す。

そして努めて澄まし顔を作った。

「アデル。僕たちの婚約について、もう一度きちんと話し合いたいんだ」

もう一度どころか、彼とは一度も婚約の話をしたことはない。

アデルは顔を顰《しか》めてニコラスを見据《す》えた。

「私は貴方とは結婚しないわ。お父様からそうお伝えしたはずです」

「話は聞いているよ。でも、僕は心配なんだ。アーバリー王国の王子から結婚の申し込みがあったなんて、おかしいと思わないのかい？　こんな急に……何か企《たくら》んでいるに違いないよ。プランケット伯、いや、ラングポート王国の貿易権が侵害されかねない」

「そんな善人面はやめてちょうだい。貴方だって、プランケット家の爵位と貿易権が欲しいだけでしょう？　サリンジャー商会をもっと大きくするためにね！」

腰に手を当てて言い返すと、ニコラスが「それは誤解だ」と言って首を横に振る。

「僕は世界中の人々に良い品を届けたいだけだ。もっと評価されるべき品物は各国にたくさんある。素晴らしい物を必要としている人々に届けられるよう流通を整備することは、皆の幸せに繋がるんだ！」

彼が両手を広げて熱弁すると、シャツが伸びて胸筋がさらに露《あら》わになった。

アデルは顔を顰《しか》めたが、そんなことには気づかず、彼は得意げな視線を送ってくる。

「僕は君と協力して、世界中の人々に幸せを届けたい。アデル、君は視野が広くて賢い女性だ。きっと僕の考えに賛同してくれると思う」

「嫌よ。結局、貴方はプランケット家の権利が目的なのでしょう」

たとえ本当に私利私欲のためではないとしても、アデル自身が好きなのではなく、彼女についてくる貿易権を利用したいということに変わりはない。

それに代々受け継いできたプランケット領の権利を、ポッと出の商会に易々《やすやす》と渡すわけにはいかなかった。

これは、由緒ある伯爵家の誇りを守ることでもある。

「それに、私は貴方のような男性は好きじゃないわ」

「そんな……！　僕は君の理想そのものじゃないか！」

「はぁ？」

ニコラスがあまりにも自信満々に言うものだから、アデルは令嬢らしからぬ低い声を出してしまった。

しかし彼は腕まくりをして拳《こぶし》を握《にぎ》り、腕の筋肉を見せつけてくる。

「僕は君の理想である強い男になるため、日々鍛練《たんれん》に励んでいるんだよ」

アデルは呆れて何も言えなくなった。

確かに弱い男は嫌いだが、だからといってニコラスになびくかというとそうではない。

「君、貴族社会は細く気弱で頼りない男性ばかりだと嘆いていたじゃないか。だから、僕は君を守れる強い男になるために毎日筋トレを欠かしていない！」

彼はシャツのボタンをすべて外し両手で合わせを開いて、割れた腹筋を見せつける。

さらに胸やお腹に力を入れて筋肉をアピールしてきた。

見ていられなくなった彼女は、視線を遠くへ飛ばす。

「筋肉だけあっても強さの証明にはならないわよ。とにかく、私は貴方と結婚しない。話はこれで終わりよ」

ため息交じりにそう言って、歩き出した。筋肉自慢ポーズを繰り返すニコラスの横を通り抜け、自宅へ向かう。

一日に二人も変人の相手をして疲れた。

早く家に帰って休みたい。

「アデル！　僕は諦めないよ。君との結婚も、僕の目標も。君に僕の強さを証明して、世界中にこの筋肉の素晴らしさを広めてみせる！」

「そう……せいぜい、頑張って」

最後、彼の目標がおかしなことになっていたが、突っ込むのも億劫《おっくう》なので適当に相槌《あいづち》を打っておいた。

素晴らしい品物を届けて世界中の人々を幸せにすると言っていたのは、やはり出まかせだったのだろう。

アデルはため息をついて、屋敷への道を力なく歩くのだった。

＊＊＊

その日の夜。

セドリックは宿屋の自室で報告書を読んでいた。

用意された紅茶を啜《すす》りながら最後のページを読み終え、羊皮紙の束をテーブルへ置く。

両手を上げて凝《こ》り固《かた》まった身体を伸ばすと、ちょうど扉がノックされた。

それに応えて、彼は来訪人を招き入れる。

「失礼します」

入ってきたのは、部下のクリストフ。セドリックが一番信頼を置いている優秀な軍人だ。

「やぁ、クリストフ。ご苦労様。アデルは大丈夫だった?」

「はい。無事に屋敷へ戻られました。途中、ニコラス・サリンジャーに見つかっておりましたが……」

彼の言葉にセドリックは頷く。

クリストフにはアデルの護衛を任せていた。もちろん、彼女には内緒で。彼女の素性を調べたのもクリストフだ。

先日セドリックが男二人に絡まれたとき、勇敢に彼らに立ち向かってくれた女性。そんな勇気ある逞《たくま》しい令嬢に、セドリックは一目惚《ひとめぼ》れした。

アーバリー王国の王子だと知らなかったとは言え、服装などから彼がそれなりの身分であることは察しがついただろうに、彼女は堂々と自分の意見を主張した。そして、セドリックを無防備だと叱《しか》ったのだ。

それは、彼にとって新鮮なことだった。

他人に怒られた経験などなかった王子は、彼女の叱責《しっせき》に頭をガツンと殴られたような気がした。しかし、不快感や怒りはまったく起きず、むしろ喜びの気持ちが湧いたのだ。

(思い出しただけで身体が熱くなる。アデル……無防備なのは、貴女《あなた》のほうだよ)

港を散策した際、ニコラスと彼の部下にいち早く気づいたセドリックが、咄嗟《とっさ》に抱き寄せて荷箱の陰に隠れると、彼女は頬を染めたのだ。

その上目遣いの可愛らしさに、思わず彼女の唇を奪いそうになった。幸か不幸か、逃げられたけれど……

彼女を国に連れて帰りたい。

こんなふうに誰かを強く求めるのは初めてのことだ。

ぞわぞわと背筋を駆け上がってくる甘い刺激――セドリックは冷めてしまった紅茶を

啜《すす》り、一呼吸おいてから部下に切り出した。

今は、クリストフの報告を聞かなければならない。

「それで、何か進展はあった？」

「ニコラス・サリンジャーは、やはりアデル様――プランケット家の貿易権を狙っているようです。世界中の人々にいい品を届けるため、と言っていました」

「なるほどね。もっともらしい理由だ」

主人の見解に再び頷いて、クリストフが続ける。

「アデル様はきっぱりと断っておられました。まるで虫けらを見るみたいな目で……迫力がありましたね」

「――っ！　虫けらを……」

セドリックは両手で自身の身体を抱き締める。

興奮で震えて、呼吸が荒くなった。

「その冷徹な視線を受けたかったな……」

蔑《さげす》みの目でアーバリー王国の王子を見るのは、アデルだけだろう。

「……しかし、ニコラス・サリンジャーに諦めるつもりはないと思われます。気になったのは、彼が体型を過度に気にしている様子だったことでしょうか」

クリストフは主人のおかしな行動には一切触れず、顔色を変えることなく報告を続ける。

「体型？　まぁ、彼は商人とは思えない体型だけれど……」

ニコラスの姿を思い浮かべ、セドリックは考え込んだ。

彼がニコラスと直接接触したことはない。

しかし、ラングポート王国へやってきたときにはすでに、サリンジャー商会の跡取り息子については調査済みだった。任務初日に尾行もしたので、外見も知っている。

というのも、今回セドリックがラングポート王国へやってきた本当の理由は、アーバリー王国で密《ひそ》かに流通し始めた怪しい薬の出所を見つけ出すためだからである。

その薬がラングポート王国経由でもたらされたことは間違いなく、アーバリー王家は国内の軍人と取引のある商会を調べているのだ。

その怪しい薬が王国軍の内部で出回っていることに彼らが気づいたのは、少し前のこと。すぐにセドリックは第三王子である弟ウィルフレッドとともに調査を始めた。

認可されていない薬を使用したと思われる軍人を捕らえ、医師の診断を受けさせたが、今のところ健康に支障をきたした様子はないと言う。本人も知り合いから譲り受けた「栄養剤」だと主張し、危ない薬だという証拠がないため釈放せざるを得なかった。

だが、安全だという保証もない。

「体型か……でも、ニコラス・サリンジャーと先日釈放した彼に、体型の共通点はなかったと思うけれど」

「そうですね。彼はかなり細いですから……軍人としては珍しいくらいですね」

個人の体質などもあるため、アーバリー軍への入隊条件に外見に関するものはない。軍人は純粋に実力で選ばれる。

それでも捕えた彼ほど細身なのは珍しい。

彼らの体型の違いは、薬の効果と関係あるのだろうか。

「薬の成分の解析はまだ？」

「ええ。もう少し時間が必要だと報告を受けています」

押収できたのは空瓶《からびん》だったが、中に付着した液体の残りを採取させ、成分分析を急がせている。研究機関によると、かなり時間がかかるようだ。

結果を待っていたら手遅れになるかもしれない。違法な薬物が蔓延《まんえん》しては、軍が内部から崩壊する可能性がある。

それを狙った他国が薬物を流していることも考えられるため、セドリックたちはできる限り急いで問題を解決しなければならない。

幸い、押収した空瓶《からびん》の外側に付着していた植物の花粉がラングポート王国の特産品として有名な花のものだったおかげで、薬がかの国を経由していることだけは間違いなかった。

そんなわけで、セドリックは軍を二小隊率《ひき》いてラングポート王国へやってきたのだ。

予《あらかじ》め両国間の輸出入履歴は調べたものの、該当する薬やそれに似た商品の売買は記録にない。

警備を強化し密輸組織をいくつか潰《つぶ》したが、それらの組織が扱っていたのは密猟した動物の毛皮や盗品で、セドリックが求めている物品ではなかった。

結局、現地に行かなければわからないということで、派遣されたのである。

「やはり一番怪しいのはサリンジャー商会でしょうね」

部下と手分けをして一通り商人たちを尾行し、怪しい人物を炙《あぶ》り出して浮かび上がった容疑者の一人が、ニコラスだ。

「そうだね。城下町のあの家……倉庫として使われているみたいだった」

先日、アデルと出会った場所――あの建物の中を覗いてみたが、何やら木箱がたくさん積んであるのが見えた。残念なことに二人の男に絡まれて中まで調べることはできなかったけれど。

「しかし、セドリック様。なぜあのとき、強行なさらなかったのです？　ラングポート王国側は、調査に同意していますし、多少の争いは握《にぎ》り潰《つぶ》してくれるのでは？」

クリストフの言う通り、ラングポート王国にはこの件を報告済みだ。調査に協力すると言っているので、少しばかり騒ぎを起こしたところで大事《おおごと》になることはないだろう。

加えて、あそこで二人の男を伸《の》すくらい、セドリックにとっては朝飯前だ。

「ごめんね。アデルが仲裁に入ってくれたんで、見惚《みと》れちゃって……」

「冗談はよしてください」

セドリックが恍惚《こうこつ》の表情で天井を仰《あお》ぐのを、クリストフが一蹴《いっしゅう》する。

「冗談ではない。半分は本当だよ。私の運命の人が目の前に現れたのだから、驚くのは当然でしょう？　でも、まぁ……アデルに気づいたときの彼らの様子も気になったんだよね」

男たちはアデルを見て退《しりぞ》いた。

彼らがそんなふうに急に態度を変えた理由がわからず、疑問を持ったのだ。それに、セドリックを助けようとしたことで彼女が危険に晒《さら》されてはいけない。

彼はアデルの安全を優先し、深追いするのは諦めた。

「彼らは、アデル様がプランケット家の令嬢だと気づいたのでしょう。商会の利益になる人物――ニコラス・サリンジャーの婚約者だと」

「うん。だから、アデルから目を離しちゃダメだ」

ニコラスとの結婚を断固として拒否しているアデルは、おそらくこの件に関与していない。彼の話に乗れば、プランケット家にもお金が入るはずだから。

彼女の両親もセドリックの求婚を手放しで喜んでいたし、サリンジャー商会との繋がりがどうしても欲しいというわけではなさそうだった。

つまり、ニコラスが一方的にアデルを狙っているということ。

そうなると、頑《かたく》なに結婚を承諾しない彼女を、ニコラスは強引に仲間に引き入れようとするかもしれない。

「ええ。アデル様を監視していれば、サリンジャー商会の動向を探《さぐ》れます」

クリストフはあくまでもアデルに利用価値があるとの立場を崩さない。

セドリックの父であるアーバリー国王にも、アデルのことは報告しているだろう。息子が彼女に惚《ほ》れてしまったことも含めて……。

「まぁ……アデルを守れるのならいいよ」

「セドリック様、次は敵を逃がすことのないようお願いいたします。貴方が背負っているのは、国なんですよ。アデル様を気に入られたとしても、彼女は他国の一貴族です。どちらを優先しなければならないかはおわかりでしょう?」

至極真面目で正当なクリストフの意見に、セドリックは肩を竦《すく》めた。

「……わかっているよ」

ただ、少し……アデルを前にすると己を見失いそうになるのだ――

＊＊＊

それからも、アデルは二人の変人に追いかけ回され続けた。

ニコラスは仕事で来ない日もあるが、セドリックは休暇中でやることがないのか、文字通り毎日彼女を訪ねてくる。

門前払いは「拒絶がぞくぞくする」と逆効果。城下町へ逃げ込んでも、なぜかすぐに見つかって、一緒に散策することになってしまう。

気弱な青年だと思っていたのに、アプローチはかなり積極的だ。

(あのときも……キス、しようとした……よね)

うやむやになっているが、先日ニコラスから逃げていたときのセドリックは、いつもと様子が違った。

真剣な表情に真摯《しんし》な眼差《まなざ》し、低く響く声。

近づいてくる形の良い唇をすんでのところで押しのけたものの、アデルの脳裏にはっきりと刻まれた彼の表情は消えてくれない。

あのときのセドリックは、普段とは正反対の雰囲気を纏《まと》っていた気がする。

(二重人格……なのかしら?)

だが、次の日にはいつものへらへらしたセドリックに戻っていたため、アデルは問う機会を逸《いっ》してしまった。

そもそも、どのように聞けばいいのかわからない。

「あのときキスをしようとしたの?」などと聞き、藪《やぶ》をつついて蛇を出すことになっても困る。それに、勘違いだったら恥ずかしすぎた。

結局、アデルは一人で悶々《もんもん》と考えることしかできない。

屋敷で本を読もうにも彼のことが気になって集中できず、逃亡する必要のないときでも城下町を歩き回っているくらいだ。

(今日はニコラスも城下町にいるはずだから、気をつけないと……)

そろそろセドリックもプランケット邸を訪ねて彼女の留守を知る頃だ。きっと、彼は自分を探して城下町へ戻ってくる。

アデルはニコラスとセドリックの行動パターンを考えつつ、歩き続けた。

新しく身を隠せる場所を探そうと、周りの建物にも気を配っているが、なかなか自由に使える場所は見つからない。

町の中心地だと宿屋や商《あきな》いの店が多く、人を匿《かくま》ってくれるところはなかった。

それにしても、セドリックはいつまでラングポート王国にいるのだろうか。休暇中と言っていたが、出会って以来、すでに十日は経っている。

いつからラングポート王国に滞在しているのか定かでないけれど、彼にも王子としての仕事があるはずだ。

それとも、軍は弟と一緒に率《ひき》いていると言っていたので、長期休暇も問題ないのだろうか。

普通の王族の休暇がどのくらいの長さなのかなんて、アデルはよく知らない……。

そんなことを考えながら角を曲がると、歩いてきた人とぶつかりそうになる。アデルは慌てて壁際に寄った。

「――っ、あ、ごめんなさ――!?」

ところが、謝ろうとした瞬間に後ろから別の人間がぶつかってくる。しかも、なぜか口を布で塞《ふさ》がれ、前から来た人物に縄で縛《しば》られた。

「んんー！　むぅうう！」

必死に手足をバタつかせるが、彼女を挟む二人は大柄な男で、為《な》す術《すべ》もない。あっという間にぐるぐる巻きにされ、担《かつ》がれてしまった。

助けを呼ぼうにも猿轡《さるぐつわ》を嚙まされていて叫べないし、不幸なことに路地裏の人気《ひとけ》の少ない場所にいたので通りがかる人もいない。

よく見るとそこは、以前セドリックが不逞《ふてい》の輩《やから》に絡まれていた場所だ。

男はアデルを近くの建物の中へ運び込み、床に下ろす。おそらく、セドリックが中を覗いていると因縁《いんねん》をつけられたあの家の中だ。

灯りはないのか薄暗く、絨毯《じゅうたん》が敷いてあるがかなり埃《ほこり》っぽい。部屋の奥のほうに大量の木箱が積んであるのだけはわかったものの、他には何もなく、生活感がなかった。

倉庫として使っているのだろうか。

床に座り込み、ようやく男たちを見ることができたアデルは、彼らがセドリックに絡んでいた二人だということに気づいた。

シマウマ柄のシャツを着た男とヒョウ柄のシャツを着た男は、彼女を見下ろしニヤニヤと下品な笑みを浮かべる。

「よし、うまくいったな」

彼女を担《かつ》いできたシマウマ男が満足そうに言った。

「ああ。それじゃあ、兄貴をよ――」

「おい、馬鹿！」

他にも仲間がいるのか、誰かを呼び出そうとしたヒョウ男は、頭を叩かれて呻《うめ》く。

「余計なこと言うんじゃねぇ！　さぁて、プランケットのお嬢様よぉ」

シマウマ男がアデルの前にしゃがみ込み、猿轡《さるぐつわ》を外す。

「何よ！　この前の仕返しのつもり？」

「仕返し？　ああ、あの弱々しい男のことか？　あんなやつはどうでもいい。どうせ、鍛《きた》え上《あ》げられたこの肉体の秘密を探《さぐ》りに来ただけだ。正直にそう答えていれば、あいつも仲間に入れてやったのによ」

「はぁ？」

鍛《きた》え上《あ》げられた肉体の秘密だなんて、馬鹿なことを。二人は、ただの筋肉トレーニングマニア&露出癖のある柄の悪い男ではないか。

シマウマ男の得意げな顔に、アデルは呆れた。

けれど、彼はにんまりと不気味な笑みを浮かべて彼女の顎《あご》に手をかける。

「そんなことより、俺らは重要な仕事を任されているんだ」

ごつごつとした手の乾いてざらついた感触が気持ち悪く、アデルはビクッと震えた。

「威勢が良くても所詮はお嬢様だなぁ。震えちゃって、可哀そうに」

「や、やめなさいよ！」

太い指が首をなぞって、胸元へ下りていく。

「まぁまぁ、そう騒ぐな。お姫様は王子様が助けに来るのをおとなしく待つもんだろうが」

「きゃ――っ」

両手で胸倉を掴《つか》まれそうになり、アデルは思わず悲鳴を上げて目を瞑《つむ》った。その瞬間、ビリビリと派手な音がして、冷たい空気が肌に触れる。

「なんだ、コルセットってやつか？　ちょっとくらい美味《おい》しい思いができると思ったのによ」

「はー！　すげー！　本物の悪党みたいだな」

シマウマ男が舌打ちすると、彼の行動を見ていたヒョウ男が興奮した様子で飛び跳ねた。

「なぁ、俺も、破いていいか？　こういうのやってみたかったんだよ～。嫁さんにやると怒られ――」

「馬鹿野郎！　お前はまた余計なことを……もう喋《しゃべ》るな！」

「いてっ」

ヒョウ男は口を開けば失言を繰り返し、シマウマ男に小突《こづ》かれる。涙目のヒョウ男はその潤《うる》んだ瞳でシマウマ男を見やった。

「チッ、まだ時間がかかりそうだからな。破る布はたくさんあるし、お前がやれ」

その視線の意を汲《く》み、シマウマ男が譲歩したところ、ヒョウ男は満面の笑みでアデルの足元へやってきた。

シマウマ男の「もう喋《しゃべ》るな」という命令はしっかり守っているらしい。

ドレスを破かれたときはさすがに怯《ひる》んだものの、先ほどからの二人のやりとりはまったく怖くない。

（一体なんなの？）

まるで大道芸人のような悪党だ。

ドレスのスカートを嬉々として破くヒョウ男に冷めた視線を送りつつ、彼女は眉間に皺《しわ》を寄せた。

嫁がいるというのに、この男はなぜこんな罪を犯そうとするのか。

そもそもアデルを辱《はずかし》めたいならば、こんな中途半端なやり方をせず、さっさと身ぐるみ剥《は》いでしまえばいい。

ちょっと――いや、かなり頭のおかしな二人組とはいえ、大柄な彼らが貴族令嬢一人を手籠《てご》めにするくらい簡単だ。

シマウマ男はまだ時間があると言っていたけれど、なんの時間稼ぎなのかも謎である。時間をかければかけるほど、見つかって捕まる可能性は高まるだろうに、彼はドレスがボロボロになっていくのを見ているだけだ。にやにやと楽しそうにしているが、一向にそれ以上の動きを起こす気配がない。

「一体なんなのよ？　やるならサッサとやりなさいよ！」

「そう焦るなって。俺らはじっくり痛めつけるのが好きなんだからよ。だが……」

アデルがシマウマ男を睨《にら》みつけると、彼はクッと笑い、彼女に近づいてきた。

「そろそろだな」

「ひ――」

破かれて短くなったドレスのスカートの中に粗野な手が入り込む。

アデルは思わず声を上げたものの、男たちが嬉しそうな反応をするのが悔しくて、ぎゅっと唇を噛み締めた。

「けなげだねぇ。さっきまでの強気な態度はどうした？」

「――っ、いい加減にして！」

なるべく大きな声で威嚇《いかく》しようとするも、声が震えてしまう。

それを面白がって、ヒョウ男が口笛を吹く。さらに、彼も彼女の左足を弄《いじ》り始《はじ》めた。

「ちょっとっ！　やめて！」

アデルは足をバタつかせるが、すぐに二人に片足ずつ押さえつけられ身動きがとれなくなる。

腕は縄で縛《しば》られて身体に固定されているからまったく動けない。そのまま太腿《ふともも》へ上がってくる二つの骨ばった手の感触が、恐怖を煽《あお》った。

他人に見せたことなどない部分。まして、触られるなんて――

言葉ではいくらでも威勢の良いことを言えるが、こうして力で捻《ね》じ伏《ふ》せられると何もできない。わかっているつもりで、本当のところは何一つ理解していなかったと自覚する。

両親の言いつけを守らず婚約者から逃げる自分をかっこいいと思っていた。自分は「他の令嬢とは違う」といい気になっていたのだ。

いざ本当に乱暴されそうになって、他の令嬢と違わないと気づくなんて、なんてまぬけなのだろう。

自分の無力さを思い知り、涙が零《こぼ》れる。

「おやおや、泣いちゃって、まぁ……こりゃあ上出来だ！」

豪快に笑う二人の男。

彼らが笑えば笑うほど、これから起こることへの恐怖がアデルを支配する。

「それじゃあ、俺らも少し褒美《ほうび》を……貴族様のピッチピチの身体を拝見しようじゃねぇか！」

「いや――ッ！」

二人分の大きな影が彼女の身体を覆《おお》い、四つの手が身体を弄《いじ》る。

コルセットを外そうと背中に回る手、胸元のドレスをさらに破る手……彼らの体重で足を押さえつけられているアデルは、歯を食《く》い縛《しば》った。

「――そこまでだな」

覚悟したのと同時に、低い声が部屋に響く。続けてガンッと鈍い音がして、ものすごい勢いで彼女の視界が晴れた。

二人の男が一瞬にして上から退《ど》いたせいだ。

否――部屋に入ってきた人物に吹っ飛ばされたのだ。

それは一瞬の出来事で、何が起こったのか定かではない。アデルが気づいたときには、二人の男が左右の壁に投げ飛ばされて呻《うめ》いていた。

ヒョウ男は壁にぶつかった衝撃で気を失っているようだし、シマウマ男は背中を強《したた》かに打って動けないらしい。

「ってぇ……あに、き……やりすぎ——ひぃ！」

シマウマ男が言葉を絞り出しつつ立ち上がろうと、震える膝を床につく。そこへすかさず、先ほど現れた長身の男が、彼の顔の横へ剣を突き刺した。

「誰が……兄貴だと？」

地を這《は》う声。

この部屋の壁は石でできている。そこへ剣を突き立てるなど、彼はかなりの力だ。剣が折れないのも驚きである。

シマウマ男は絶句して、へなへなと床に座り込んだ。

何より驚嘆するのは、男の素早さ——少なくともアデルには、床を蹴った一歩だけで壁際に辿《たど》り着《つ》いたように見えた。

逆光で黒い影絵みたいに映るその姿は、すらりと細身で美しい。体格は男たちより一回り小さいのに、ものすごい威圧感を発している。

そのとき、彼の全身から滲《にじ》み出る威厳とは対照的に扉から吹き込む柔らかい風が、金色の髪をふわりと優しく揺らした。

「セ、ドリック、様……」

アデルは呆然と彼の名を呼ぶ。

長身の男――セドリックはちらりと彼女に視線を向けたが、シマウマ男から離れようとはしなかった。

そんな中、彼の部下らしき軍人たちが部屋へ入ってくる。

彼らはアーバリー王国の黒い軍服を着ているので、セドリックが国から連れてきた護衛だろう。一人一人の顔は覚えていないけれど、おそらくセドリックがプランケットの屋敷を訪れたときと同じメンバーだ。

彼らが気絶したヒョウ男を速《すみ》やかに運び出す。

「大丈夫ですか？」

「え？　あ、はい……ありがとう、ございます」

軍人の一人がアデルの縄を解き、ふかふかの毛布を肩に掛けてくれた。その間にシマウマ男も連行され、部屋の中が再び静まり返る。

その静寂にコツコツと響くのは、セドリックの足音。それがアデルの目の前で止まる。

そこで王子は、部下に話しかけた。

「クリストフ、ご苦労。後の処理はラングポート王国と連携して行《おこな》え。それについて、すでに連絡してある」

「かしこまりました。セドリック様は？」

「俺は宿に戻る。報告は……明日でいい」

クリストフと呼ばれた男は、セドリックの目配せに頷いた後、足早に部屋を出ていく。

今まで見たことのない、きりっとしたセドリックの様子に驚き、アデルは彼を見上げることしかできない。

部屋の扉を背にした彼女の正面に立っている彼の姿がいつもより大きく見えて、身震いした。

暴漢に触れられたときとは違う種類の震えだ。

恐怖とは違う。

でも、怖い。

これは……畏《おそ》れ、だろうか。

変態発言が多くて忘れがちだが、セドリックは王族だ。これくらいの威厳は、あって当然なのだと改めて思い出す。

それに彼は軍人でもある。戦闘態勢に入れば、殺気立つのは自然なことなのかもしれない。

けれど、先ほどまでのような緊迫感は、アデルの想像できない世界のことだ。どうしても困惑が拭《ぬぐ》えない。

「あの……セドリック様。助けてくれて――きゃっ」

とにかくまずは礼を言うべきだと気づき、彼女は立ち上がろうと床に手をついた。だが、その体勢のまま、身体が宙に浮く。

びっくりして咄嗟《とっさ》にしがみついたのは、セドリックの首だ。太くて男らしい……こんな状況だというのに、ドキッとする。

しかも、不安定な体勢に驚いてかなり強く抱きついてしまった。首を絞めるような形になり、彼女は慌てて手を放そうともがく。

「あっ、ご、ごめんなさ――」

「掴《つか》まっていろ。落ちるぞ」

「あ、はい」

有無《うむ》を言わせない彼の口調に、背筋を伸ばして返事をした。

（あれ……？）

今までアデルが、素直にセドリックに従ったことなどない。彼女は彼を邪険に扱ってばかりだった。

それは王子がおかしな言動をしていたからだ。

それなのに、今、間髪容《かんはつい》れず「はい」と返事をし、おとなしく彼に運ばれている。

廃墟のような埃《ほこり》っぽい部屋を出て路地裏を進む王子は、何も喋《しゃべ》らない。

人気《ひとけ》のない道を選んで迷いなく歩いていく。

以前、自分の宿泊する場所がわからないと言っていたのが嘘のように、彼はあっという間に高級宿屋の裏口へ辿《たど》り着《つ》いた。

そこにいたラングポート王国の警備兵とも目配せだけでやりとりし、中へ入る。毛布に包《くる》まった貴族令嬢を抱えているというのに、咎《とが》められもしなかった。

彼は、そのまま廊下の奥を目指して歩を進める。そして、一番奥の豪奢《ごうしゃ》な扉を片手で難なく開けると、広い部屋へ足を踏み入れた。

大きなソファやテーブルはもちろん、菓子や果物、チェス盤や本など、部屋にはいろいろなものが揃っている。

それを目にしたアデルは、長い休暇でも退屈しないようにとの配慮なのだろうかと考えた。

部屋のいたるところに呼び鈴があるところを見ると、この宿ではいつでもお茶の用意や身支度の手伝いをしてくれる人を呼べるらしい。

もっとも、王子には自国から連れてきた専属の世話係がいるようだけれど。

そんな広いリビングを素通りし、セドリックは奥の部屋へ進んでいく。

（え？　あれ……？）

もしかしなくても、奥といえば寝室しかない。

案の定、大きなベッドのある部屋に連れ込まれ、アデルは毛布ごとそこへ下ろされた。

一体何人で寝るのかと問《と》い質《ただ》したくなるくらいの広さだ。伯爵令嬢である彼女でも、見たことがない。

シーツや枕など、すべて絹で仕立てたカバーが掛けられている。寝心地も、彼女が使っているベッドとは比べものにならない。

柔らかすぎて背中が沈み込んだり、硬すぎて首が痛かったり、そんなこととは無縁の最高級品だ。全身の凹凸《おうとつ》にぴったり合うこの感じは、今まで体験したことがなかった。

もちろん、王子がアデルに覆《おお》い被《かぶ》さっても、しっかりとその重みを受け止めてくれる。

「え？　あの、あれ？」

先ほどは心の中で首を傾《かし》げたアデルだが、今度はついに言葉に出してしまう。

この状況は、一体どういうことなのだ？

「アデル」

「はい？」

彼女が王子の部屋の豪華《ごうか》さに圧倒されている間に、なんだかおかしなことになっている。加えて、セドリックの様子は変なままだ。

「以前……俺は、貴女《あなた》が不用心だと言った」

「セドリック様……？　ひゃ――っ」

頬に王子の大きな手が添《そ》えられ、アデルは首を竦《すく》める。

ややきつい口調で咎《とが》める様子とは対照的な、繊細《せんさい》な指の動きに、ぞわっと鳥肌が立ったのだ。

それは、気持ち悪さから来るものではなく、胸を締め付ける疼《うず》きに似た感覚だった。

「貴女《あなた》は、あの場所があいつらの隠《かく》れ家《が》だと知っていたはずだろう？」

「隠《かく》れ家《が》……あの倉庫がですか？　セドリック様が前に絡まれていたのは覚えています。あの人たちは一体誰なんですか？」

「何も知らないのか？」

王子の問いに、アデルは首を横に振る。

「何もとは？　セドリック様はどうしてあそこにいたんですか？　あの二人を捕まえるためですか？」

彼女を襲った男たちは、以前王子に乱暴しようとした二人だ。隣国の王子への不敬罪で捕まってもおかしくない。

「そうだ。やつらの主をおびきだそうかと考えていたんだが……」

セドリックはそこで言葉を切り、じっと彼女を見つめた。

「主って……あの人たちが兄貴って呼んでいた人ですか？」

「ああ。しかし、我慢できなかった」

壊れ物に触れるかの如《ごと》く、彼の指先が頬を撫《な》でる。

やっぱりセドリックの様子は変だ。

「んっ、セドリック様、いつもと、違……っ」

「ああ……気が立っているからだな。俺のアデルに触れられて」

いつもより少し荒っぽい言葉遣い。

自分を「俺」と言うところも普段と違う。

「あ――」

それに、いつもと違うのはアデルも……

こんなにドキドキするのは、なぜだろう。

先ほど触れてきた男のものとは違う、熱に浮かされた瞳が彼女を射貫《いぬ》く。

長い指の先がそっと首筋に下がっていって、心臓の音が全身に響くくらいうるさくなる。

「私はセドリック様のものではありません」

「これからそうなる」

恥ずかしさを誤魔化すように言葉を発し王子の手を掴《つか》んだのに、彼はその手を易々《やすやす》とベッドに縫い付けた。

端整な顔が近づき、至近距離で見つめられ、アデルは息を呑む。先日キスされそうになったことを思い出し、鼓動が速くなった。

王子の緑色の瞳から放たれる視線は情熱的で、頬がどんどん熱くなる。

「今から、俺のものにする」

「な――んんっ！」

香水の香りが鼻孔をくすぐったのと、柔らかな感触が唇に触れたのは、どちらが早かったのか。

アデルは一瞬で奪われたファーストキスに驚いて、息を止めた。

大きく見開いた目に入ってくるのは、整った顔。

やがて重なった唇が少し離れる。

視界に入った、うっすらと目を開けたセドリックの表情は、彼女がこれまで見たことのない種類のものだった。

妖しい光を宿したその瞳が求めるものを、アデルは知らない。

わからないはずなのに、身体の奥がぎゅうっと締め付けられるみたいに疼《うず》く。

それは、渇いた身体が潤《うるお》いを求めるかのような、飢餓《きが》感《かん》にも似た感覚だ。

彼女は抵抗も忘れて呆然とセドリックを見つめた。そんな彼女を見て王子はフッと笑い、再び唇を重ねる。

「っ、ん……ンぅ……」

ちゅっ、ちゅっと音を立てて啄《ついば》まれ、アデルは顔を横に向けようともがく。

しかし、セドリックが両手で彼女の頬を挟み込み、強引に唇を塞《ふさ》いだ。胸板を叩かれてもお構いなしだ。

抵抗しようと動くせいで息が続かない。

苦しくなって本能的に空気を取り込もうとしたところで、ぬるりと温かな舌が口を割って入ってきた。

「ふ、んんっ！」

「息を止めるな」

「ん、や……セドッ……」

セドリックはアデルに少しずつ空気を取り込ませつつも、容赦《ようしゃ》がない。

一層深く交わろうとするざらついた舌に上顎《うわあご》や歯列をなぞられると、ぞくぞくとした寒気にも似た刺激がアデルの身体を駆け巡り、力が抜ける。

王子の身体を押しのけようとしていたはずの手は、いつの間にか彼のシャツを握《にぎ》り締《し》めていた。

「は……ンッ、んぁ……っ」

苦しくて口を大きく開ければ、その分彼に自由を与えることになる。

口腔《こうこう》を躊躇《ちゅうちょ》なく這《は》い回る舌、吹き込まれる熱い吐息。

くちゅりと甘美な音を立てて交わる唾液は、呑み込みきれずに口の端から零《こぼ》れ落《お》ちる。

刺激的すぎる初めての口づけに、思考がまったく追い付かない。どうしたらいいのかもわからず、ただただ王子に翻弄《ほんろう》され続ける。

一つだけ確かなのは、彼とのキスが嫌ではないということ……

粘膜を擦《こす》り付《つ》ける行為だというのに、嫌悪感はない。彼の息遣いに震える身体は、与えられる甘い痺《しび》れを求めている。

「アデル。舌を出せ」

「い、いや……」

熱く火照《ほて》った身体に引きずられていた意識の中、僅《わず》かに残る理性で、アデルはふるふると首を横に振り、それ以上の交わりを拒もうとした。

しかし、セドリックが色っぽい囁《ささや》きで畳みかける。

「アデル。いい子だ、ほら……気持ち良くなる」

「ん……」

二人の唾液で濡れた唇を指先でなぞられ、彼女は言われるがままに口を開け、おそるおそる舌を差し出した。

すると、彼が貪《むさぼ》るように唇を塞《ふさ》ぎ、一層激しく舌を擦《こす》り付《つ》ける。

「っ、ふ……んんっ」

濡れた音が脳に直接響いた。

そこから甘い痺《しび》れが広がって、熱が腰の辺りに集中する。

アデルがもじもじと足を擦《す》り合《あ》わせると、そこに王子が膝を入れ、グッと付け根に押し付けた。

「初めてなのに疼《うず》いているのか？」

「あ……や、そんなんじゃ……」

「違うのか？　では、なぜ俺にしがみついている？」

「――っ」

指摘の言葉にアデルが慌てて手を離すと、彼は不敵に笑い、くしゃくしゃになったシャツを脱ぎ捨てる。さらにボロボロのドレスにも手をかけるものだから、彼女の狼狽《ろうばい》に拍車がかかった。

「なっ、何？　冗談はやめてください！」

「冗談？　冗談でこんなキスができると思うのか？　貴女《あなた》だってこの先を期待しているだろう」

「あっ、やだ！」

ぐりっと膝を動かされ、アデルは彼の膝を両手で押し返す。

「安心しろ。そちらにはまだ触れない」

そう言いつつも彼女の上半身を抱き起こしたセドリックは、コルセットを緩《ゆる》めて一気にドレスを引き下げた。

「きゃ――あっ、や、見ないで！」

アデルは悲鳴を上げて、今度は両手を胸の前で交差させる。露《あら》わになった乳房を隠したかったのに、無情にもその腕は王子に退《しりぞ》けられた。

再びベッドに押し倒されて、頭の上で両手首を拘束される。

彼はじっと彼女の上半身を観察し、その喉を上下させた。

「綺麗だな……想像以上だ」

「やっ、触らないで……あ――っ」

つぅっと、彼の指先が臍《へそ》から上がってきて、そのまま乳房の丸みをなぞるように外側へ移動する。そして、その豊満な膨らみをそっと手のひらで包み込んだ。

ゆっくりと、弾力を確かめるみたいに揉《も》まれると、よくわからない感覚がアデルを呑み込んでいく。

嫌悪感も恐怖もない。

けれど、何か得体の知れないものが込み上げてきて不安だ。

これが羞恥《しゅうち》というものなのか。

自分の心の動きが追えなくて、不安に潤《うる》んだ瞳を王子に向ける。

「セ、セドリック様……恥ずかしいから、もう、やめて……」

弱々しく震えた声を出すと、彼は目を細めて彼女を見た。

「恥ずかしい……？　ああ……まだ、わからないのか」

不思議そうに呟《つぶや》いた後、一人納得した様子で頷く。そして、アデルの頭をそっと撫《な》でると、額《ひたい》を合わせた。

「羞恥《しゅうち》ではない。貴女《あなた》が感じているのは、『期待』だ」

「期待……？」

「そう、触れてほしいという期待。たとえば……ここ」

「あ――ッ」

胸の先端をツンッと弾《はじ》かれて、アデルの身体が跳ねる。

先ほど膨らみを揉《も》まれていたときとは違う刺激が、快感をはっきりと呼び起こした。

「感じやすい、いい身体だ」

「んっ、あっ、あ……」

人差し指と親指でぐりぐりと捏《こ》ねられるにつれ、そこが硬くなっていくのが自分でもわかる。ビクビクと反応する彼女を満足そうに見やり、王子は顔を下げて首筋に口づけた。

「や、やだ……！　汚い、です……舐《な》めないで……っ」

廃墟で男に抵抗しようとして、埃《ほこり》だらけの絨毯《じゅうたん》の上で暴れたのだ。ドレスも彼女自身も砂埃《すなぼこり》で汚れている。

だが、セドリックは彼女の言葉を聞き入れないつもりらしい。

「大丈夫だ……アデルの甘い香りしかしない」

「んんっ」

軽く彼女の肌を啄《ついば》んだり舌で舐《な》めたりしながら顔を鎖骨の辺りまで移動させて、ついに胸元……豊満な膨らみに熱い唇を押し付けた。

さらにもう一方の手を胸に伸ばし、その中心を弄《もてあそ》ぶ。

両方の胸の先を弄《いじ》られつつも、熱い吐息がだんだんと膨らみの頂《いただき》に近づいていくのをアデルは感じていた。

「あ……」

ところが彼の唇は、尖《とが》った赤い先端に触れるか触れないかの位置でぴたりと止まる。

アデルはぶるっと身震いして背をしならせた。微《かす》かに漏れた声には、確かに落胆の色が滲《にじ》んでいる。

「ほら、期待しただろう」

「――っ、そんなこと、あッ」

彼女の真っ赤に膨れた頂《いただき》を、ぬるりと舌が這《は》う。

硬く勃《た》ち上《あ》がって存在を主張するそこを、尖《とが》らせた彼の舌で突かれたり、ざらついた表面で舐《な》められたりされるたび、腰が跳ねた。

「そうは言っても、ここは硬くなって俺を誘っている」

「ああっ」

濡れた蕾《つぼみ》を指先で弾《はじ》かれ、身体をくねらせる。唾液を塗り込むみたいにくるくると撫《な》でられると、鳥肌が立った。

セドリックは満足そうに笑い、今度は反対側の膨らみに吸い付く。同じように熱い口内で嬲《なぶ》られて、アデルは漏れそうになる声を抑えるため、唇に手の甲を押し付けた。

「んっ、は……ぅん」

それでも、甘く歯を立てられると、ピリッとした感覚が背を伝い、声が漏れる。

両方の頂《いただき》を同時に攻められては我慢ができない。

彼女はシーツを握《にぎ》り締《し》めて少しずつ溜まっていく快楽に耐えようとする。赤い蕾《つぼみ》を強く吸われ、自分の意思とは関係なく身体が反応してしまうのだ。

恥ずかしさのせいか、涙が滲《にじ》んでくる。

口から漏れる鼻にかかった声や震える身体も、自分のものとは思えない。もうどうにかなってしまいそうだ。

キスをされ、胸に触れられて……でも、疼《うず》くのはなぜかお腹の奥。

自分の身体の変化を把握《はあく》できなくなっていく。

どうしようもなく籠《こ》もり続ける熱を逃がしたくて足を動かすと、秘めるべき場所が彼の膝に擦《こす》れる。自らそこを押し付けるような動作をはしたないと感じているのに、この先へゆけば何かが満たされそうな気がして、さらに彼女の腰が揺れた。

ふいにセドリックが身体を動かし、押し付けられていた膝が離れる。

「あ――」

熱を持っていた場所が空《あ》き、アデルは膝を擦《こす》り合《あ》わせた。

「そんなに残念そうな顔をするな。すぐに触ってやる」

「えっ、あ、待って！」

彼が膝を持ち上げて唇を近づけるので、慌てて身体を起こし彼の身体を力いっぱい押し返す。

「あ、足はダメです。さっき埃《ほこり》だらけの場所に座っていたのに……」

上半身はドレスに隠れていたから、そこまで汚れてなかっただろう。でも、ドレスのスカートがボロボロになってから暴れたのだ、足はかなり汚れているはず。

そこまで考えて、アデルは首からかぁっと熱がせり上がってくるのを感じた。

汚れているからダメ――それはつまり、綺麗ならいいと言っているようなものだ。この行為自体が嫌だと、もっと早くにしっかり拒絶すべきだったのに。

このような男女の秘め事は、結婚――少なくとも婚約をした仲でなければ許してはいけない。

「綺麗ならいいんだな？」

案の定、セドリックは彼女の言葉を都合良く解釈する。

「ちがっ、そういう意味では――」

慌てて否定するものの、彼は手際良く彼女の足からドレスを引き抜いた。そうして、生まれたままの姿になった彼女を抱き上げる。

「やっ、ちょっと待って。セドリック様、私の話を聞いてください！」

いつになく強引な王子に、アデルは気圧《けお》され流されてばかりだ。

普段はもっと穏《おだ》やかで、頼りなさそうな雰囲気すらあるというのに……ドMな変態の影はどこにもない。

むしろ、これではSッ気たっぷりな王子だ。

「セドリック様、一体どうなさったのですか？　いつもとご様子が違います。こんなことをなさるなんて……」

「気が立っていると言っただろう」

セドリックが彼女を抱えて移動する。

連れられてきた場所は、バスルームだ。いつでも入浴できるように湯が張ってあるらしく、部屋の中は温かい。

王子はアデルをバスチェアに座らせ、自分はその前に膝をつき、彼女の足にシャワーをかけ始めた。

アデルは両手で身体を抱き締めて身を小さくする。

「それにしたって、話し方も違いますし、まるで別人です」

「……別人のようになるほど、俺を怒らせる出来事があった。違うか？」

チラリと上目遣いで見られ、一瞬目が合う。だが、すぐにセドリックは石鹸《せっけん》を泡立て、彼女の足を洗い始めた。

上品な香りが漂《ただよ》う中で、大きな手がアデルの肌をなぞる。足先からふくらはぎ、膝、そして太腿《ふともも》……丁寧に手のひらを使って洗われていった。

「あの男たちが、この肌に触れた」

「――っ」

内腿《うちもも》を伝う指先に、彼女の肌が粟立《あわだ》つ。

二人の男に押さえつけられたときは嫌で仕方なかったのに、セドリックにそうされると甘い疼《うず》きを覚える。

身体は自由なのだから、いつでも逃げることはできた。でも、そうしようと思わない。足の付け根ギリギリに迫る指先に意識が向いて、その動きを追ってしまうのだ。届きそうで届かない。どこに何が届いてほしいのかはわかっていないくせに、この先を期待する自分がいる。

そんな彼女の期待とは裏腹に、セドリックの手の動きが止まった。

「アデル。どこに触れられた？」

再び視線が絡み、有無《うむ》を言わせないその眼差《まなざ》しにアデルは唾を呑み込む。

「あっ、足に……」

「足？　足のどこだ？」

彼は問いながら再び足首に手を滑らせる。

「足首か？　それとも、ふくらはぎか？」

その場所を撫《な》でつつ聞かれ、彼女は首を横に振った。それを見て、王子が手を移動させる。

「それなら膝？」

「そこも、少し……」

「少し？　太腿《ふともも》は？」

つっと内腿《うちもも》に指が這《は》い、アデルはこくこくと頷く。

どこに触れられたのかと問いつつ、その軌跡を辿《たど》ろうとするセドリック。

男たちの跡に上書きしたいといわんばかりだ。

そんな嫉妬《しっと》じみたことをするのは、なぜ……？

「セドリック、様……」

彼はアデルに誰も触れさせたくないと思っている？　つまり、彼女のことを……

「こちらも触れられたか？」

「あっ、そこは、触られてな――ひゃっ」

ふいに足の付け根に届いた指に驚き、彼女は足を閉じた。初めて男の人に触れられたことに驚いて、先ほどまで考えていたことが霧散《むさん》してしまう。

「誰にも触られていないのに、こんなふうになるのか？」

「んんっ、あ――」

秘所の割れ目をなぞった指先が、泉の入り口でくにくにと滑《なめ》らかに動く。

「ほら、ぬるぬるだ。いやらしいな」

「や……っ、それは、石鹸《せっけん》の泡で……」

「本当に？」

口角を上げた彼がすかさずシャワーのコックを捻《ひね》り、泡を流した。その間も秘所を撫《な》で続け、泡が綺麗になくなったところで再び泉の入り口に指先を差し込む。

「あン……」

くちゅ、くちゅ……と、わざと空気を含ませて音を立てる指の動き。アデルは恥ずかしくなって両手で顔を覆《おお》った。

しかし視界を遮ると、蜜を掻《か》き出《だ》す指先の動きとそこから聞こえる卑猥《ひわい》な水音に意識が集中して、さらに恥ずかしくなる。

淫《みだ》らな音に交じって セドリックの笑う声《さえぎ》も耳に届いた。

「泡は流したけどな」

そう言って、彼はアデルの膝を押し開く。

「ああ……濡れて、ヒクヒクして……ここも赤くなっている」

「あっ、あ……そこ、触らないで……やぁ……」

ぷっくりと膨れて顔を出した秘芽を突かれて、彼女は悲鳴にも似た嬌声《きょうせい》を上げた。

今まで与えられた刺激とは比べものにならないほどの快感が、身体中を駆け巡る。足が震えて体勢が不安定になり、彼の肩に手をついて身体を支えた。

そのせいで、彼を引き寄せる格好になる。けれど、その事実に気づいたのは、セドリックの吐息が足の間にかかったからだ。

「んっ、あ、ダ、ダメ……」

「……大胆だな」

熱に浮かされたように呟《つぶや》く彼女の秘所に、彼の唇が触れる。瞬間、アデルは思いきり身体を仰《の》け反《ぞ》らせた。

「あぁ――っ」

雷に打たれたみたいな衝撃に、呼吸が速くなる。

ちゅうっと強めに秘芽を吸われ、下腹部に溜まる熱が一気に膨らんだ。

だがなぜか彼は、その後じっくりと割れ目を舌でなぞるばかり。アデルの心の中では、焦《じ》れったさが羞恥《しゅうち》に勝った。

大胆に下から上へ、ねっとりと這《は》う舌。彼は真っ赤に腫《は》れ上《あ》がった秘芽を掠《かす》めるように舐《な》めるけれど、すぐに離してしまう。

花園の外側の柔肌を丁寧に舐《な》め、花びらをなぞる。再び中心の割れ目をなぞり、入り口の浅いところに舌を差し込まれた。

指と交互に入り口を探《さぐ》られ、その淡い刺激にもどかしさが募《つの》る。

「ああっ、ン、あっ……あッ、やぁ……」

水滴はすでに舐《な》めとられ、秘所を濡らすのはセドリックの唾液とアデルの泉から溢れる蜜だけだ。二つの液体が混ざり合う音が浴室に反響し淫靡《いんび》さが増した。

聴覚から煽《あお》られている。

ぴちゃ、ちゅる……と蜜を求めて動く唇。

彼があられもない場所に顔を埋《うず》めながら、上目遣いに彼女を観察している。

恥ずかしいのに、その視線から逃れることは許されない。

「やっ、見ないで……んあっ、は……ああ……」

羞恥《しゅうち》からくる火照《ほて》りと、与えられる熱とで逆上《のぼ》せてしまいそうだ。

それなのに彼女の身体は、貪欲《どんよく》に未知の快楽を求めている。腰がくねって、もっと強い快感を探しているのだ。

彼は喉の渇きを潤《うるお》すかの如《ごと》く、夢中で泉から零《こぼ》れ落《お》ちる蜜を舐《な》める。秘芽を舌で嬲《なぶ》りつつ、それまで入り口の浅い場所だけを掻《か》き回《まわ》していた指をゆっくりと奥へ進めた。

「んぁ……あ……っ、ああ……」

初めての圧迫感に、アデルの下半身に力が入る。

すると、ぎゅうぎゅうとまとわりつくその膣壁の感触を楽しむように、彼の指がくにくにと動いた。

わかる。

指の腹で壁を擦《こす》られ奥のほうを刺激されると、彼女自身にも彼の指に絡む中の動きが
「はぅ……あ、あぁ、あッ」

中と外、同時に二箇所を刺激されチカチカと目の前に火花が散った。

「んっ、あ、ダメッ……あ、な、何か、だめぇ……あ、あっ、あぁん」

奥から熱いものが溢れそうになり、爪先《つまさき》に力を入れる。同時にセドリックが強く秘芽を吸い上げ、アデルは猫みたいに身体をしならせた。

——一瞬、時が止まった気がする。

その直後、身体中の血がどくん、どくんと波打って巡り始めた。

くたりと身体の力が抜けて前に倒れ込みそうになる。そんな彼女を支えた王子が、幼子をあやすときの仕草で背を優しく叩いた。

「イッたな」

絶頂——今の感覚がそうなのだと、アデルは彼に体重を預けたままぼんやり考えた。

セドリックが彼女の身体を膝に乗せ、その唇を塞《ふさ》ぐ。慈《いつく》しむようにゆったりと重なる熱が心地良く、アデルは自然と目を瞑《つむ》り彼に身体を委《ゆだ》ねた。

「んっ、は……ふぅ、ン」

カチャカチャと彼がベルトを緩《ゆる》める音は、キスに夢中になっている彼女には届かない。

セドリックが再び彼女の身体を弄《いじ》っているのでなおさら……

気がついたときには、彼女の秘所には硬くて太いものが擦《こす》り付《つ》けられていた。

「ここまできて、それは聞けない」

「あ、だめ……」

「あ――」

アデルが腰を引こうとするのを、セドリックがしっかりと抱え込む。くぷ、と先端が入り込み、彼女は思わず王子にしがみついた。

先ほどの指とは違う圧迫感が不安を煽《あお》る。

「ダメッ、やめて……」

「この体勢はきついか」

「きゃ――」

そう言うと、セドリックは彼女を抱き上げて浴槽の縁《ふち》に手をつかせた。そのまま後ろから彼女を抱え込む。

太腿《ふともも》の間に挟まれる昂《たか》ぶりの感触が生々しい。

「セ、セドリック様っ」

「初めては顔を見たいからな……今日は、このままで……」

「んぁっ、あん、あっ」

両足で彼女の足を挟み込みつつ、ゆっくりと彼の腰が前後する。秘所に擦《こす》り付《つ》けられる剛直は、彼女の泉から零《こぼ》れる蜜を纏《まと》い、だんだんと滑りが良くなった。

膨らんだ秘芽に硬くなった昂《たか》ぶりが擦《こす》れて、またアデルの中に快感の渦《うず》が巻き起こる。

「あっ、あぁん……やぁ……」

ぬちゅ、ちゅく……と響くいやらしい音が恥ずかしい。

滅多に呼吸を乱さないセドリックの苦しそうな息遣いと微《かす》かに漏れる呻《うめ》きも、二人が投じる行為の卑猥《ひわい》さを強調するようだ。

ふいに彼が昂《たか》ぶりを擦《こす》り付《つ》けつつ、乳房に手を伸ばす。

「あ――」

膨らみの先端が彼の動きに合わせて揺れ、その手のひらに触れた。それだけで快感に繋がる。

先ほど丁寧に触れられたときとは違い、やや乱暴に揉《も》みしだかれているのは、彼に余裕がないせいだろうか。

「アデル……」

掠《かす》れた声を耳元に落とされ、ぞくりと背筋に甘い痺《しび》れが伝う。

そのまま耳朶《じだ》を食《は》まれ、耳の中まで舌を入れられて……彼の荒い呼吸と卑猥《ひわい》な水音が、脳に直接響くようだ。

さらにセドリックの腰の動きが速くなり、アデルは再び絶頂への階段を駆け上がった。

「あっ、あン、は……あぁっ」

きゅっと胸の頂《いただき》を摘まれ、軽く達し、仰《の》け反《ぞ》る。そのせいで、太腿《ふともも》でさらにきつく彼の昂《たか》ぶりを挟み込んでしまい、セドリックが苦しそうに呻《うめ》いた。

擦《こす》り付《つ》けられる熱塊の質量が先ほどよりも大きくなった気がするのに、彼の腰の動きは止まらない。それどころか、まだ達するには刺激が足りないのか、さらに激しく太腿《ふともも》に擦《こす》り付《つ》ける。

アデルの泉から溢れる蜜が彼女の内腿《うちもも》に挟まった昂《たか》ぶりを濡らし、ぬるぬると滑《なめ》らかな動きを促《うなが》していった。

「あ、あ……やぁ……っ」

彼が腰を大きく引くと、先端が蜜口を掠《かす》める。挿《はい》りそうで挿《はい》らない、そのギリギリの感触がアデルの心を揺さぶった。

受け入れてはいけない。

だが、本能的に雄を求めてヒクつく秘所。

理性とは裏腹に、彼女の下腹部は切なく疼《うず》く。

「ここが熱いだろう？」

「んっ」

するりと下腹部を撫《な》でられて、身体がびくんと跳ねる。同時に、ぞわぞわと寒気にも似た刺激が背筋を伝った。

この疑似的な行為では満足できないとでもいうかのような身体の反応に、彼女は首まで真っ赤になる。

「想像したか？　俺をここに受け入れたら、どうなるのか」

「や、ち、違う……」

「本当に？　こんなに蜜が溢れて俺を誘っているとしか思えないが……石鹸《せっけん》はとうに流したのに、こんなにぬるぬるだぞ」

くすっと笑い、セドリックは昂《たか》ぶりの先端で臀部《でんぶ》の柔らかな肌を突く。それから、剛直を再び太腿《ふともも》の間へ差し込むと、焦《じ》れるほどゆっくりと押し込んだ。

ねっとりと割れ目をなぞる先端――アデルは背を反らし、熱い吐息を漏らす。

「はぅ……ああ……」

「こんなに震えて……俺も本当はこの中でイきたい」

ぱくりと耳朶《じだ》を甘噛みされた彼女は、首を竦《すく》めた。

セドリックはそんなアデルの下腹部を撫《な》でつつ、熱い吐息を漏らす。

「ダ、メ……やぁっ」

「仕方ないな。今日はこれで……アデルもイけるように、ここも触ってやる。こんなに硬く尖《とが》って、いやらしいな」

胸の先端を摘まれたと気づいた瞬間、彼の腰の動きが速くなる。

「ひっ、あぁっ」

「貴女《あなた》の身体は素直だ……胸だけでそんな可愛い声を上げて。もっと啼《な》かせたくなる」

卑猥《ひわい》な言葉を囁《ささや》かれながら性器を擦《こす》り付《つ》けられ、アデルは羞恥《しゅうち》を振り払うように首を横に振った。セドリックは彼女の様子に満足げに笑い、腰を前後させる。

片手で胸の先端をぐりぐりと刺激しつつ、もう片手で彼女の細い腰を抱きかかえると、大胆に腰を振った。

アデルは揺さぶられる身体を支えるため、浴槽の縁《ふち》にしがみつく。そして与えられる快感に耐えようと奥歯を噛み締めた。

それでも零《こぼ》れる嬌声《きょうせい》は、自分のものとは思えない。

「セドリックさま……っ、ああ……」

「く……アデル、もう、イく……ッ」

セドリックが彼女の腰を掴《つか》み、律動を速める。

「やっ、ダメ、おかしくなっちゃ……ん、あぁぁっ」

肌を打ち付ける音が大きくなり、昂《たか》ぶりの先端が何度も何度も秘芽を擦《こす》った。目の前に火花が散るくらい強い刺激を与えられたアデルは、悲鳴を上げ続ける。

ガクガクと揺さぶられているせいで、膝が床に擦《こす》れて痛い。けれど、それを凌駕《りょうが》する快楽に、意識が持っていかれる。

もう一度……今度は、もっと、深い悦楽《えつらく》を。

「あっ、あぁ……んっ、あぁあ――」

「っ、は……」

アデルの背がしなり、セドリックの身体が一瞬離れる。

直後、強く抱き締められて、臀部《でんぶ》に昂《たか》ぶりが押し付けられた。

腰にじわりと広がる熱。

ビクビクと動く雄を肌に感じ、彼女は肩を上下させる。

「アデル……」

彼の声が遠くに聞こえた。

アデルにはもう、自分がどのような状況に置かれているのかを考える気力は残っていない。

獣みたいな行為に夢中になったことを恥ずかしいと感じたり、人が変わったみたいな王子にすべてを曝《さら》け出《だ》したことを後悔したりする余裕はないのだ。

「アデル……次は、必ず……私のものに、するよ……」

ただ、最後、セドリックがいつもの彼に戻ったことに、ひどく安堵《あんど》した。

第三章　振り回されるお転婆《てんば》娘

数日後。

自室のベッドで目を覚ましたアデルは、天井を見上げたまま顔を顰《しか》めた。

(頭が痛いわ……)

先日、ドM——改めドS王子に襲われて以来、彼女はセドリックのことを考え続けている。いや、思い返せば、出会った当初からずっと彼には困らされているのだ。

この長いようで短かった怒涛《どとう》の日々は、確実にアデルの体力を削っていた。


あの日、バスルームでの濃密な時間の後。

アデルは湯にも浸《つ》かっていないのに逆上《のぼ》せてしまったらしく、気がついたときにはセドリックの寝室のベッドに寝かされていた。

隣に彼も眠っている状態で、彼を起こしにやってきた部下と鉢合わせたのだ。

「おはようございます。セドリック様、アデル様」

見ると、昨日暴漢二人を捕まえたときにいたクリストフである。セドリックから直接命令を受けていた彼が、部下のまとめ役なのだろう。

彼はアデルが寝室にいるのに、まったく動揺していない。

一方の彼女は、窓から差し込む朝日と自分のいる場所を見て、サーッと青ざめた。

昨日、屋敷を抜け出した先で暴漢に襲われ、間一髪のところでセドリックに助けられたことを思い出す。

そのまま宿屋に連れてこられ、彼と……

（な、なんて失態を……！）

淫《みだ》らな行為に及んだのはもちろんのこと、事情はどうあれ、無断外泊をしたのだ。いつになっても帰らない娘を、両親は心配しているに違いない。行方不明になったと大騒ぎになっていたら大変だ。

焦るアデルに、クリストフが至って冷静に報告する。

「昨日の件は、内密に処理いたしました。プランケット伯には、アデル様がセドリック様とお過ごしになることをお伝え済みですので、ご心配なく」

顔色を見て、すぐに彼女の憂《うれ》いに気づくところは、さすが王子の部下である。

しかし、アデルは安心する間もなく彼に問うた。

「まさか、お父様が、お許しになったの？」

「ええ。セドリック様とご一緒ならば心配ないと」

「当たり前だよ」

起きだしたセドリックが一人笑顔で頷いている隣で、彼女は両手で顔を覆《おお》う。

やはり、自分は大変な失態を犯してしまった――これでは、両親公認の仲になったようなものだ。

しかも、一歩踏みとどまったとはいえセドリックとあんなことを……

「休暇が終わる前にアデルと両想いになれて嬉しいよ！」

「なっていません！」

「ええっ！」

大げさなほど目を見開いて驚く王子に、彼女は眉根を寄せた。

今の彼は昨日の彼とは似ても似つかない。

これは、確かにドM変態王子のセドリックだ。

アデルは彼の頬に手を伸ばし、肉を摘まんで抓《つね》ってみる。

「ひはい、ひはい」

「セドリック様……元に戻っていますね。一体どういうことですか？　貴方は二重人格なのですか？　それとも、双子……？」

意外と柔らかな肌だと思いつつ、矢継ぎ早に聞いた。その問いには、痛みで涙目の王子に代わり、クリストフが答えてくれる。

「いいえ。セドリック様は二重人格ではありませんし、双子のご兄弟もいらっしゃいません」

「じゃあ、昨日のあれは誰なの？」

アデルはピンッとセドリックの頬を離し、クリストフに向き直った。

「昨日の……？　ああ、軍事用セドリック様のことですか」

「軍事用？」

「ええ。アーバリー王国の軍事力はアデル様もご存じの通りですが、セドリック様と弟君――第三王子ウィルフレッド様は、幼い頃から軍を率《ひき》いる人材となるべく教育を受けてまいりました。幼少期から厳しい訓練をこなし、軍のトップにふさわしい立ち居振る舞いを習得されたのです」

そこまで言うと、クリストフはアデルの隣に視線をやる。彼女も釣られてセドリックを見たところ、王子はまだ頬を擦《こす》ってしょんぼり――否、にやけていた。

アデルに抓《つね》られたことが嬉しいのだろう。

クリストフはコホン、と気を取り直すように咳払いをして続ける。

「セドリック様は、元々優しく穏《おだ》やかな性格です。王子として円満な外交や、国民の信頼を得る資質を生まれながらにお持ちでした。まさに王族の理想の姿です。ただ、軍を率《ひき》いるときは少々厳しい姿勢を見せるようになさっております」

ドM王子は、王族の理想とは言い難い。

アデルは突っ込みそうになったけれど、彼を主《あるじ》と仰《あお》ぐクリストフに言うことではないと思い、言葉を呑み込んだ。

「それにしたって、人格が変わったみたいだったわ」

ドS王子セドリックとのあれこれを思い出し、彼女は頬を染める。

「う～ん、でも、本当に二重人格とは違うんだよ。私は軍人として振る舞っているときの記憶もあるし、あれはどちらかというと意図的にやっている感じかな。だから、昨日のアデルとのことも全部――」

「もっと質《たち》が悪いじゃないのっ！」

セドリックがにっこりと笑うものだから、彼女は反射的に枕を投げつけた。

ぼふっと大きな枕の直撃を顔面に受けた王子は、しかし、嬉しそうに笑いながら枕を除《ど》けて彼女に抱きつく。

「もしかして、怖かった？」

「違います！　離してください」

彼はもがくアデルの身体を両腕に閉じ込めて、彼女の耳元に唇を近づけた。

「それに、アデルの好みは情けない王子より強い軍人だと思っていたが……俺では不満か？」

「──っ」

「ふふ。耳が真っ赤だね。可愛いなぁ」

「ちょっ、からかわないでください！」

アデルが腕を叩くと、彼はすぐに拘束を解いてくれる。

「でも、昨日のことは私が悪かったよ。ごめんね。長年やってきたおかげで軍人として部下の前に立つときは自然にスイッチが入る。それと同じなのか、昨日みたいに我を忘れて変わることもあって……意図的なのが百パーセントでもないんだ。説明が難しいけれど……戦場で気持ちが昂《たか》ぶると、なかなか戻れなくなることもある」

セドリックはそう言いながら先ほどの枕を拾い、頬を擦《こす》り付《つ》けた。

「はぁ……これはアデルが私に投げつけてくれた貴重な枕だから、国に持ち帰ろう。そうだ、今日は枕投げ記念日にしようかな」

訳のわからないことばかり言う王子は、昨夜の彼とはまったくの別人だ。

「一体、どちらが本物のセドリック様なんですか？」

そう問うアデルに、セドリックは答えた。

「どちらも私だよ。ただ、人前に立つときは自分を律しているだけだ。誰だって少なからず、表の顔と裏の顔があるものでしょう？」と。

――誰にでも表と裏の顔がある。

セドリックの言葉に納得できないままアデルは屋敷に送り届けられ、一日が経っていた。今は明け方だ。

片や、彼女に怒られて喜び、鼻血を出す変態王子。片や、颯爽《さっそう》と敵を蹴散らし、彼女を強引に奪おうとする王子。

両極端な性格なのに同一人物だというのは、なんだか変な感じだ。しかも、片方はほぼ意図的にやっているというのだから理解に苦しむ。

彼が言う通り人前で外面を取り繕《つくろ》うことは誰にでもある。だが、王子のそれはそういう処世術と呼ばれるものを超えているように思えるのだ。

昨日はアデルが襲われているのを見て、スイッチが切れなくなったとも教えてくれた。

そう言われると、心配をかけてしまった自分にも非があるように思えて、怒れない。

あの後、用意された朝食をいただいて彼女は屋敷へ戻ったのだが……

(セドリック様は、あいつらに触れられた場所……気にしていたのよね……)

ボロボロになったスカートのせいで露《あら》わになった足は、男たちに最も触れられた場所だ。

あの夜、セドリックはバスルームでアデルの足を丁寧に洗い、自ら上書きするみたいに撫《な》で回していたと思う。

――あの男たちが、この肌に触れた。

自分だけが触れていいのだと言うかの如《ごと》き言葉には、独占欲が見え隠れする。

――別人のようになるほど、俺を怒らせる出来事があった。

嫉妬《しっと》で平常心が保てないほど、アデルを想ってくれているということ……？

(って！　どうして絆《ほだ》されそうになっているのよ)

ああ、頭が痛い。

なぜ自分ばかりがこんなに悩まなければならないのだ。

はぁっと大きなため息をつき、重い身体を動かして寝返りを打つ。その僅《わず》かな衝撃でくらりと眩暈《めまい》がした。

横になっているのにくらくらするなんて、考えすぎたせいだ……

そんなふうに自分自身に呆れていると、部屋の扉がノックされる。

「アデル様、お目覚めですか？　アデル様？」

呼び鈴を鳴らす前に使用人が来るのは珍しい。アデルはいつも自分で起きて、身支度をするときに彼女たちを呼ぶのだ。

また早朝から王子が押しかけてきたのだろうか。

こんなにも頭が痛いというのに、その原因であるセドリックを相手にしなければならないのは億劫《おっくう》だ。返事をするのもだるい。

「アデル様、入りますよ」

返事をしない彼女を心配して、使用人が断りを入れて部屋へ入ってくる。

「アデル様、おはようございます。朝食の準備はとっくに……アデル様？」

「……わかっ……」

うまく声が出ず、アデルは再びけだるい身体を無理やり回転させた。だが、またしてもひどい眩暈《めまい》に襲われベッドの中で蹲《うずくま》る。

「アデル様!?」

使用人が慌てて近づいてきた。

額《ひたい》に当てられた手が、とても冷たくて気持ちが良い。

「大変！　すごい熱ですよ。すぐにお医者様をお呼びします！」

「ねつ……」

なるほど。だから身体が重いのだ。

セドリックのせいで悩みすぎたかと思っていたが、ひどい頭痛も眩暈《めまい》も、体調が悪いのが原因らしい。

いや、この体調不良も彼が元凶のような気がする。

二人の男から逃げ続け、婚約回避の方法に悩み、暴漢に襲われ、軍事用セドリックに翻弄《ほんろう》された。昨日までのはちゃめちゃな日々を思えば、これは必然だ。

体に疲れが溜まっていたのはもちろん、精神も酷使しすぎていて、知恵熱が出てもおかしくない。

（最悪だわ……）

これでは誰からも逃げられない。

アデルは部屋の外が騒がしくなるのを聞きながら、ぐったりとベッドに沈み込み、目を瞑《つむ》った。

あれからすぐにやってきた医者に診《み》てもらった結果は、ただの風邪だ。

プランケット家の近くに住む主治医は、疲労で免疫力が下がっていたのだろうと呆れた様子で薬を置いていった。

数日は安静にしろとのお達しで、彼は、あまりはしゃぎすぎないようにと釘を刺すのも忘れなかった。

医者は毎日のようにアデルが城下町へ行くのを知っているのだ。彼女の逃走ルートの途中に彼の診療所があるので、いろいろと耳に入るらしい。

かくして、アデルは処方された薬を飲み、ベッドでおとなしく過ごすこととなる。

熱を出したのは、何年ぶりなのか。

幼い頃から健康だけが取り柄だったので、ここまでひどく体調を崩して寝込んだ記憶はない。その代わり、外で遊んで傷を作ってくることが多く、よく叱《しか》られたものだ。

雑木林などの草木の生い茂る場所で遊び回り、全身虫に刺されて死にそうになったことはあったかもしれない。

一人で静かにしていることに慣れていないせいか、なかなか寝付けず、彼女はとりとめもないことを考えた。

動くとくらくらするし、じっとしていると殴られているみたいに頭が痛い。

火照《ほて》って熱いのに寒気がするし、気分は最悪だ。

そんなふうに悶々《もんもん》としていると、静かに部屋の扉が開かれた。母か使用人が様子を見に来てくれたに違いない。

「お、か……さま」

アデルは渇いた喉の奥から搾《しぼ》り出《だ》すように声を出し、扉のほうへ顔を向ける。だが、そこにいた人物を見て、ハッと息を漏らした。

驚き半分、なぜか安心が半分。

「せ……っく、さ、ま」

「起こしてしまったかな？　ごめんね」

首を横に振ろうと思うのに、頭が重くて動かない。

「寝込んでいると聞いて、帰ろうかと思ったんだけれど……やっぱり、一目会いたくて」

セドリックがそう言ってベッドに近づき、その端に腰を下ろした。彼にそっと頭を撫《な》でられると、それまでガンガン響いていた痛みが軽くなった気がする。

「熱いね」

「ん……」

額《ひたい》に触れた手は冷たくて心地良い。

アデルは僅《わず》かに顔を傾けて、もっとその冷たさを感じられるよう擦《す》り寄《よ》った。

「目を閉じてごらん。ぐっすり眠ったら良くなるよ」

頬を大きな手が撫《な》でると、不思議と眠気がやってくる。

セドリックはアデルが自分の手を心地良く感じるとわかっているのか、何度も優しく頬や額《ひたい》を撫《な》でてくれた。

しばらく彼の手の動きを追っていたものの、意識がだんだんと暗闇に沈んでいく。それを感じながら、アデルは少しだけ頬を緩《ゆる》めた――


次に目が覚めたとき、窓の外の太陽は高い位置に昇《のぼ》っていた。

数時間ほど眠れたようだ。

薬が効いたのか、頭痛は治まっていてだいぶ楽になっている。

アデルがもぞもぞと身体を動かし上半身を起こそうとすると、ソファのほうからカタンと音がした。

「アデル、目が覚めた？　気分は？」

「セドリック様……」

心配そうにベッドに駆け寄ってきたのは、セドリックだ。彼はベッドの端に腰かけ、彼女の身体を支えながら、その額《ひたい》に手を当てる。

「声が掠《かす》れている。まだ熱も下がっていないね。もう一度、医者を呼ぼうか？」

「いえ……もう少し休めば大丈夫です。頭が痛いのは、薬が効いて良くなったみたいですから……それより、ずっとここにいたんですか？」

そうアデルが問うと、彼は頷いて答える。

「うん。心配だったからね。アデルの愛読書をちょっと拝借したよ」

彼女が眠っている間は、本を読んで過ごしていたようだ。

「アデル、食欲は？　何か食べられそうなら用意してもらうよ」

「お腹は空《す》いていなくて……でも、喉は渇いています」

あまり食欲はないが、喉がカラカラだ。ベッド脇に水差しを置いておけば良かった。

「この紐《ひも》を引けば、使用人が――」

「いいよ。私が持ってくる。すぐに戻るから、アデルは待っていて」

「えっ、セドリック様！　あ……」

アデルの制止にも構わず、セドリックはサッサと部屋を出ていく。

飲み物の用意など、王子にさせることではない。呼び鈴を鳴らせば、使用人が来てくれるというのに……

彼は宣言通りすぐに戻ってきたが、水差しとグラスだけでなく、果物の載った大きな皿まで持っていた。

盛られているのは、食べやすいように小さくカットしてあるオレンジやイチゴ、バナナなどで、元気なときでもアデルには食べきれないくらいの量だ。

「こんなにたくさん……」

「少しでも食べたほうがいいと思ってね。好きなものを選んで。ほら、このオレンジなんてどうかな？　アデルが眠っている間に、私が市場で買ってきたんだ。覚えている？この間、貴女《あなた》と一緒に歩いた港の市場でリンゴをもらった、あのお店。今日はリンゴはなかったけれど、おすすめの果物を教えてもらって、それを買ったんだ。もちろん試食もしてある。とても瑞々《みずみず》しくて美味《おい》しいよ」

セドリックはそう言いつつグラスに水を注《そそ》ぎ、彼女に差し出す。

「あ、ありがとうございます……でも、王子である貴方がこんなことをなさるなんて……」

「王子かどうかは関係ないよ」

そして恐縮する彼女に、柔らかく微笑《ほほえ》んだ。

「好きな人が苦しそうにしていたら、なんとかしてあげたいと思うのは普通のことでしょう？」

「それは……ですが、私は貴方のプロポーズを断っているのに」

「うん。でも、私は貴女《あなた》の看病をしたい。追い返されないということは、ここにいてもいいと解釈しているけれど……ダメだった？」

穏《おだ》やかな王子のまま、真面目なことを言われると変な気持ちになる。

また熱が上がってきたのか火照《ほて》る頬にグラスを当ててから、アデルは水を飲み干した。冷たい水が身体に沁み込んでいく。

本当に嫌ならば、両親や使用人たちを呼んで、王子を摘まみ出すことは可能だ。体調が悪いのを理由にお引き取り願えばいい。

でも、そうしていない。

「帰ってほしい」とは思わないのだ。

セドリックは空《から》になったグラスを水差しの横に置き、オレンジを刺したフォークを彼女の口元へ差し出した。

「食べられそう？」

そばで過ごし、彼女が目を覚ますと心配して寄り添ってくれる。自分を甲斐甲斐《かいがい》しく看病してくれる王子を、アデルは邪険にできない。

「あ、りがとう……ございます」

彼女はちょっと口ごもりつつもお礼を言い、フォークを受け取ろうとした。だが、セドリックが彼女の手からそれを遠ざけてしまう。

「ダメダメ。あーん」

「――っ！　じ、自分で食べられます！」

いくら具合が悪くても、手は動かせる。

こんな年になって、食べさせてもらうなんて恥ずかしすぎだ。

しかも、相手は隣国の王子。畏《おそ》れ多いにも程がある。

「え〜、いいでしょう？　看病の醍醐味《だいごみ》だよ」

「そんな醍醐味《だいごみ》ありません」

ちょっと見直したと思ったらこれだ。

アデルは思わず大きな声を出し、さすがにそれが頭に響いて顔を顰《しか》めた。無意識のうちに額《ひたい》を押さえる。

「アデル！　大丈夫？」

セドリックが慌てて彼女の背を撫《な》でた。

そんな彼をじとりと睨《にら》みつけ、視線で怒りを示す。

「ごめん……ふざけすぎたね。でも、ほら。これ食べてみて。きっと元気になるよ」

ふざけたことを申し訳なさそうにしているのに、彼は彼女にオレンジを食べさせることは諦めないらしい。

少々自棄《やけ》になったアデルは、セドリックが再び口元へ運んできたオレンジを、ぱくりと口に含んだ。

「ん……美味《おい》しい……」

口の中に入れた瞬間に香りがふわっと広がり、噛むとたっぷりの果汁が染み出てくる。ちょうど良い酸味と甘みに、なんだか癒《いや》される気がした。

「そうでしょう？　もっと食べて」

彼が嬉しそうに次のオレンジを差し出すものだから、もう「自分で食べられる」と言えなくなって、素直に口を開ける。

結局、オレンジを二切れ、イチゴを一粒食べさせてもらい、再び横になった。

「アデルをこうして看病できるのも嬉しいけれど、やっぱり元気な貴女《あなた》が一番だな」

セドリックはアデルの頬を撫《な》でつつ、そんなことを呟《つぶや》く。

優しい手の温《ぬく》もりには安心感があって、眠気を誘った。

こんなふうに誰かがそばにいてくれるのも、悪くない。

「早く治るように、ゆっくりお休み」

まるで、その言葉で魔法にかけられたかのように、彼女はスッと眠りに落ちた。

それから毎日、セドリックは朝から晩までアデルについて世話を焼いてくれた。彼女が眠るまで頭を撫《な》で、眠っている間は本を読んで起きるのを待つ。食事や飲み物の用意から片付けまで自分でやるので、アデルも感心してしまう。

初日だけならば建前だろうが、毎日だ。彼が本心から彼女を心配して、そう行動しているのだと素直に思えた。

王子として決して気取ることなく、純粋に彼女を想ってくれることが嬉しい。

ただ一つ、必ず食事を彼の手から食べさせようとするのだけは、やめてほしいのだが……

「セドリック様！　本当にもう大丈夫ですので。自分で食べられますし、熱もすっかり下がったんです。普段通りに生活しても問題ありません」

今日こそは、とアデルは全力で断った。

王子の看病も三日目。

かなり元気を取り戻した彼女であるが、医者には念のため一日安静にしているようにと言われていた。

二日も高熱で寝込んだのは久しぶりだったため、さすがに逆らえず、仕方なくベッドにいる。

だが、動けるのに寝ているのもつらいものだ。

街へ出かけるのは無理でも、庭に出て外の空気を吸ったり、ソファでくつろいだりするくらい許してほしい。

「ダメだよ。医者に寝ているように言われたのだからおとなしくしていて。ほら、食事もしっかりとってね」

医者の言葉を引き合いに出されると勝ち目はない。アデルはせめてもの抗議に頬を膨らませて顔を背《そむ》ける。

いつもは彼女が彼を叱責《しっせき》するのに、ここ数日は彼に圧《お》され気味だ。それも、軍事用セドリックではなく、普通のセドリックに……

なんだか後《おく》れを取っているみたいで癪《しゃく》だ。

「拗《す》ねるアデルも可愛いけれど、ダメだよ。ご飯食べて」

「わかりましたから、自分で食べさせてください」

「ダメだよ。こんなふうに貴女《あなた》の看病をできるのも今日までなんだから。ああ……惜しいけれど、明日からはまたアデルに怒ってもらえるんだね。それも楽しみだな」

「気持ち悪いことを言わないでくださいっ！」

ボフッとシーツを叩いて、彼女はセドリックからフォークを奪い取ろうとする。しかし、彼は笑いながら、にんじんが刺さったそれをひょいっと遠ざけた。

「もうっ！」

「あ！」

アデルは少しお尻を浮かせて手を伸ばし、彼の手を掴《つか》む。その手ごと自分に引き寄せて、フォークからにんじんを食べた。

もぐもぐと咀嚼《そしゃく》し呑み込んで、得意げな顔を向けたところ、彼が急に鼻を啜《すす》り始《はじ》める。

その瞳には、みるみるうちに涙が溜まっていった。

彼が世話を焼きたいのはわかっていたが、拒否したのがそんなにショックだったのか。

「え、ちょっ、泣くことないんじゃ――」

「初めての共同作業だね……！」

「はいぃ？」

潤《うる》んだ瞳をキラキラさせ、セドリックが斜め上の回答をする。

思わずアデルの声が裏返った。

「共同作業……それは、二人が心を一つにして行《おこな》う神聖なもの！　つまり、今この瞬間、アデルと私は一心同体になったということ！」

彼はフォークを大事そうに胸に抱えると、天を仰《あお》いだ。その頬には、またしても涙が一筋伝う。

「このフォーク、記念にもらってもいいかな？」

なんだか先日から記念品がどんどん増えていっているのは、気のせいだろうか。

突飛な発想と大げさなリアクションで感動の涙を拭《ぬぐ》う王子を見て、アデルは笑いが込み上げてきた。

「ふふっ、ふ、あはは……！　セドリック様ったら、おかし……っ、ふ、ふふ」

「ええ？　アデル、私は真剣に感動しているのに」

ちょっと拗《す》ね気味になる王子だったが、彼女が楽しそうに笑い続けていると、途中でフッと噴き出す。

「セドリック様、あはっ！　なんで、笑って……あはは……っ！」

彼まで笑い出したことでさらに面白くなってしまい、アデルは涙を流しながら笑う。

「ふふ……アデルが笑っているからね。元気になって、嬉しいし……」

互いに互いが笑っていることがおかしくて、ますます笑うという、おかしなループに陥《おちい》ってしまった。

二人の笑い声が部屋に響く。

と、そのとき――

「アデル！　高熱で寝込んでいるって聞いて、飛んできた――え？」

アデルの部屋の扉が勢い良く開いた。

文字通り部屋に飛び込んできたのはニコラスだ。両手に大きな荷物を持っていた彼は、入り口で立ち尽くす。

今日の服装は、金色のスラックスに銀色のシャツ。なぜあんなにも光っているのか謎な、安定のダサリンジャーである。

彼は楽しそうに笑い合う二人を見て、唖然《あぜん》とした顔になった。

「アデル……これは、一体……」

「ニコラス様、困ります！　アデル様はまだ臥《ふ》せっておられて……」

おそらくニコラスは使用人の制止を振り切って上がり込んだのだろう。後から慌てた様子の使用人が現れ、アデルの部屋の前に佇《たたず》む彼の腕を引く。

プランケット家では、すでにセドリックが婿《むこ》候補筆頭となっている。使用人は王子とニコラスが鉢合わせてしまい、かなり焦っていた。

ニコラスはつい最近までアデルと結婚すると思われていたのだから、なおさら気まずい。

アデルも突然のことで固まり、部屋には険悪な空気が漂《ただよ》う。

しかし、よく考えてみると、二人の男に追いかけられていた状況で、今まで彼らが鉢合わせなかったこと自体が、奇跡のような話である。

ニコラスには父が断ったのだからと、彼女は油断していたのだ。諦めない、とこの前言われたばかりだったというのに。

ついにやってきてしまった修羅場に、ごくりと生唾を呑み込む。

どちらも選ぶつもりはないけれど、彼女がそれを宣言するとまた話がややこしくなる。二人がいつまでも諦めないからだ。

かと言って、どちらかを選べば、即結婚が決まってしまうわけで……

「――やぁ、貴方がニコラス・サリンジャー？　噂《うわさ》は聞いているよ。私はアーバリー王国の第二王子セドリック・フォン・アーバリー。アデルと結婚することになっているので、これからもよろしく」

アデルが悩んでいる傍ら颯爽《さっそう》と立ち上がり、口を開いたのはセドリックだった。余裕たっぷりな態度で挨拶をする。

さすがは王族と言ったところか。

そんな王子を見たニコラスは、大量の荷物をその場にどさりと下ろし、唇を噛み締めて一歩前へ出た。

「結婚？　冗談はよしてください。アデルと結婚するのは、この僕だ！」

「アデル、サリンジャー氏はこう言っているけれど、貴女《あなた》に彼と結婚する意思があるの？」

振り向いてそう聞かれ、アデルは再びごくりと唾を呑む。

口調は優しいけれど、セドリックの雰囲気は軍事用に寄ってきている。

ライバルの登場で、気が立っているのだろうか。

「いいえ、私は……ニコラスとは結婚しないわ。彼はプランケット家の貿易権と爵位が欲しいだけですもの。由緒正しいプランケット家の家督は、絶対に渡しません。この前、そのように伝えたはずよね」

「アデル……！　では、その権利を他国に渡すと言うのかい？　休暇中だかなんだか知らないが、急にアデルの前に現れて、プランケット家の令嬢だと知った途端に口説くなんて、そちらのほうがよっぽど怪しいじゃないか！　君は騙《だま》されているんだ！」

ニコラスが必死に言い募《つの》るのに、セドリックは冷静に言い返す。

「随分と失礼な言いがかりだね。私はアデルの優しさと強さに惹《ひ》かれたんだ。決して軽い気持ちではないよ」

「僕だって真剣だ！」

ニコラスはそう叫ぶと、大量に持ってきた荷物の中身を取り出し始めた。

「アデルが倒れたと知らせを受けて、急いで仕事を切り上げてきたんだ。異国の名医から買った薬も持ってきた。これは、有名な祈祷師《きとうし》から買った厄除《やくよ》けの面。こっちは身代わりの人形……」

次々と出てくる奇妙な土産《みやげ》品。

薬はどす黒く、到底人が呑めるとは思えない。厄除《やくよ》けの面は恐ろしい形相だし、身代わりの人形はどちらかというと呪いに使うものに見える。

絶対に騙《だま》されている……そう思わずにはいられない品物の数々だ。

「そんなものは必要ないよ。アデルは私の献身的な看病で回復したんだ。貴方は、彼女が先日城下町で襲われたときも仕事だったのかな？　アデルの危機にそばにいてあげられない男が伴侶というのでは、プランケット伯も心配だろう」

「なっ！　たまたま先に助けたからって調子に乗らないでほしいですね。部下を使って悪党を捕らえたって、アデルが絆《ほだ》されるわけがない。彼女は強い男が好きなんだ。王子という肩書だけの細くて弱々しい貴殿のような男は眼中にないですから」

ニコラスはセドリックの体型を吟味《ぎんみ》するみたいに上から下まで視線を動かす。そして、フンと鼻で笑いつつ、両手を腰に当てて胸を張った。

シャツの隙間から筋肉がよく見えるようにしているに違いない。

「サリンジャー氏の強さの基準は見た目らしいが……アーバリー王国では少し違う。真に強い者はそれを見せびらかしたり、他人を脅したりしない」

「なんだと……！」

ニコラスが顔を真っ赤にして一歩踏み出すので、アデルは慌ててベッドから抜け出して二人の間に立った。

「ニコラス、やめなさいよ。セドリック様はアーバリー王国の王子なのよ。それだけじゃない。彼は軍人でもあるわ。最強と謳《うた》われるアーバリー王国の軍を率《ひき》いる方よ。この前、私が襲われたときだって、部下の人たちは犯人を捕まえるのを手伝っただけ。彼らを伸《の》したのは、セドリック様だったわ」

両手を広げてセドリックの前に立ち、ニコラスを睨《にら》みつける。

「アデル……まさか、君……この王子の味方をするって言うのかい？」

「そうじゃないわ。私は事実を言っているの。私を暴漢から救ってくれたのは、セドリック様だった。寝込んでいた私の看病をしてくれたのも、セドリック様」

そうだ。これは紛《まぎ》れもない事実なのだ。

セドリックは常にアデルのそばにいて、彼女を守ってくれた。どんなに逃げ回っても、追いかけてきて、彼女を見つけてくれる。

彼女と家族の抱えていた劣等感をなんでもないことのように吹き飛ばして、代わりに誇りを与えてくれた。

彼女が襲われたことを怒り、具合が悪くなれば心配してくれて……

「アデル。僕だって君のことを心配しているし、守りたいと思っている。そのために、日々の鍛練《たんれん》を欠かさず、今まで以上に仕事にも精を出しているんだ。寂しい思いをさせているのは否定できないが、君を養うためには必要なことなんだよ。セドリック王子は、休暇中だからたまたま君に構っていられるだけだ」

「貴方みたいに、訳のわからない商品を売りたくて私と結婚しようとする成り上がりとは違うわ。確かに私は、強い男がいいと言った。情けない貴族子息との結婚はご免よ。でも、鍛《きた》えるだけで強くなった気でいる貴方に魅力を感じることもないわ」

ニコラスがプランケット家の貿易権を欲しがっているのは明らかだ。商会の利益のことしか考えていない人に用はない。

「貴方はプレゼントを持って屋敷に押しかけてくるばかりで、私について何も知らないじゃない」

「そんなことはない！　アデルが強い女性だと知っているさ」

ニコラスの返答を聞き、「やっぱり」と思う。

彼が今まで彼女の気持ちに寄り添おうとしたことはなかった。

だから、彼女が女であることに劣等感を抱いていたことなど知らない。

もちろん、きっかけは偶然が重なっただけかもしれなかった。たまたま、母がセドリックを朝食に招待して、弱音を漏らしただけ。

でも、王子は母娘の心に影を落としている問題を見抜いて、彼女の家族を認めてくれた。

プランケット家の持つ利権や爵位など関係なく、両親のこともアデルのことも、ありのままを肯定してくれたのだ。

それが嬉しかった。

「私は強くないわ。皆が言うように、お転婆《てんば》なだけよ。暴漢に襲われたときは、まったく抵抗できなかったわ。力の差じゃないの。怖かったのよ」

「そんなのは当たり前だろう？　女性が男性に襲われて、平気なわけがない。それに、その事件だって変だ。都合良くこの王子が君を助けたなんて、君をずっと監視していたからに決まっている。この男はストーカーなんだよ」

「そうね……セドリック様が私を追いかけ回していることは否定しないわ。でも、それは貴方も同じでしょう?」

結局、ニコラスもセドリックもアデルを追いかけている男だ。

「貴方だって、毎日のように私を訪ねてくる。城下町で追いかけっこばかりしているものね。それなのにあの日、私を助けに来られなかった。貴方はセドリック様に後《おく》れを取ったということよ。違う?」

「それは――っ!」

「もういいでしょう、ニコラス」

アデルはなぜかセドリックのほうに情を感じている。

強さイコール筋肉だと勘違いしているむさ苦しいニコラスよりも、セドリックのほうが多少、彼女の好みに近いのだろうか。

変態ドM王子が好みだとは認めたくないが……

(頭が痛いわ……)

病み上がりだというのに、どっと疲れてしまった。

額《ひたい》に手を当てて、大きなため息をつく。

「いい加減に諦めて。私は貴方とは結婚しないわ」

「アデル……!　僕よりひ弱な王子を選ぶというのかい?」

「ええ、そうね。そういうことになるわ。少なくとも、体調の優れない女性の部屋で騒ぐような非常識な人より、しつこくても献身的に看病してくれる人のほうが好ましいわ」

これ以上の言い合いが面倒になって、投げやりに答えた。そのままベッドに戻り、頭から毛布を被《かぶ》る。

「お願いだからもう帰って」

毛布越しにそう言うと、ニコラスが叫んだ。

「なっ！　アデル！　こいつと君を二人きりにするなんて――」

「……サリンジャー氏。ここで大声を出すのはやめてもらえるかな？　話し合いならば、外でしよう」

それを、セドリックが嗜《たしな》めるのが聞こえた。

「何を……貴殿と話し合うことなど――」

「そうか。しかし、アデルを襲った男たちについて……彼らがどうなったのか、てっきり貴方は気になっているんじゃないかと思っていたが？」

急にトーンの低くなった彼の声に、アデルはベッドの中で身震いする。

心配していると言いつつも彼女を助けられなかったニコラスに、セドリックは怒っているのだろうか。

（あれ？　でも……）

何かが変だ。

違和感を覚えた彼女は、二人の会話に聞き耳を立てた。

ニコラスの少し焦った声がする。

「彼らは軍に捕まったと聞いている。ラングポート王国の軍隊は、有能なんだ。心配することなど何もない」

「……なるほど。では、聞く。その事件については、俺とラングポート王国の軍の一部で内密に処理した。それなのに、貴方はなぜそれを知っている？　軍部の人間以外でこのことを知るのは、被害者か……もしくは加害者だけだ」

セドリックの指摘を聞き、アデルは息を呑んだ。

そうだ。彼女が襲われたことを、ニコラスが知っているのはおかしい。

「そんなもの……僕はサリンジャー商会の跡取りなんだ。それなりの伝手《つて》というものがある」

「だとしたら、随分と危機管理の甘い軍隊なのだな、ラングポート王国軍は」

セドリックがそう言うと、ニコラスが黙り込む。

「それに、アデルが襲われたことを知っても見舞いにすら来なかった貴方は、薄情なものだ。一つ忠告しておこう――」

アデルがはっきりと聞き取れたのはそこまでだった。部屋を出ていこうとしているらしいセドリックの声は、少しずつ遠くなっていく。

「なっ、おい、やめ――」

同時にニコラスが抵抗するような声も遠ざかった。続いて、何やらセドリックの低い声が聞こえたが、喋《しゃべ》っている内容までは聞こえない。

「――ああ、この見舞い品は気味が悪いから持って帰ってくれるかな？　それでは、ごきげんよう」

最後、再びセドリックの声が大きくなって、ニコラスを追い出したことが窺《うかが》えた。

ガサガサと荷物の袋が擦《こす》れる音の後、ドンと荷物が置かれたのがわかる。そして、扉が閉まりガチャリと鍵がかけられる音も聞こえた。

ニコラスが外に出された後も、部屋の外は静かだ。

てっきりしつこく食い下がるかと思ったけれど……

「セドリック様……？　ニコラスは？」

アデルは毛布から顔を出し、様子を尋ねる。

「お引き取りいただいたよ。良かったよね？」

「それは構いませんけど……あの、ニコラスが先日の事件を知っていたのは、本当にラングポート王国の軍が情報を漏らしたからだと思いますか?」

「ん?　さぁね。私には、この国の軍人の守秘義務にいちいち口を出す権利はない。彼がそう主張するのなら、そうだとしか言えないね。そんなことより……」

セドリックはベッドの脇まで戻って腰を下ろすと、身体を起こした彼女を後ろから抱き締めた。

「……どうしてくっつくのですか?」

「どうしてって、あんな告白を聞いたら抱き締めずにいられない。アデルったら……告白は面と向かってしてほしかったな。私を庇《かば》ってくれた背中は、凛々《りり》しくて素敵だったけれどね」

「……は?」

ひとまず、セドリックが元のドM王子に戻っていることは、すぐにわかった。

しかし、どこをどう勘違いして彼女が「告白」したことになっているのかは理解できない。

「いつ、誰が、誰に、どんな告白をしたんですか?」

「さっき、アデルが、私に、好ましい、と告白したでしょう?　サリンジャー氏より、私を選ぶとも言っていたよね」

律儀に一つ一つの疑問に答える彼に呆れて、ガクリと首を垂《こうべ》れる。

「それは、ニコラスよりは好ましいということで、あくまで相対的な感情です！　あんなの、ニコラスを追い払うための方便ですから」

「はぁっ！」

すると、セドリックは大げさに仰《の》け反《ぞ》って、そのままベッドに倒れ込んだ。仰向《あおむ》けで胸に手を当てて眉間に皺《しわ》を寄せる。

「ああ、この胸の痛み……アデルに弄《もてあそ》ばれた気持ち……アデルに……ふふ……くぅ、この痛みが恋なんだ……」

「……」

ベッドの上で悶《もだ》えるセドリック。

アデルはそそくさと彼から距離を取り、冷めた視線を送った。

「優しくしたり、冷たく突き放したり、この温度差がたまらないね……興奮する……」

片手で口を覆《おお》い、はぁはぁと呼吸を荒くする王子の顔はにやけている。

それを見た彼女は、大きくため息をついた。

「もう……一体、なんなんですか。颯爽《さっそう》と暴漢を蹴散らしたと思ったら、あれは軍事用だとか訳がわからないし……毎日看病してくれて優しいかと思えば、元気になった私に怒られたいなんて言い出すし」

彼には振り回されっぱなしだ。

「今だって、ニコラスを追い払ってくれたお礼を言おうと思ったのに……かっこいいセドリック様はどこに行ったんですか？」

ついそんなことを口走ってしまう。

すると、王子の目つきが鋭くなり、纏《まと》う空気がピリッと厳しくなった。

「なるほど。アデルは俺のほうが好みということか」

「きゃっ」

突然、ぐいっと身体を引き寄せられて、アデルは驚く。

「ちょ、ちょっと、セドリック様？」

「なんだ？」

「なんだじゃなくて……んっ」

首筋にちゅっとキスを落とされて、彼女の身体が跳ねた。

「あの男を追い払った礼なら、貴女《あなた》が欲しい」

「な、何を言っているんですか！　もう！　いつものセドリック様に戻ってください」

もがくと、セドリックは一層強く彼女を抱き締める。

「アデルもなかなか我儘《わがまま》だな……かっこいい王子がいいと言ったり、いつもの王子に戻ってほしいと言ったり……そういう天邪鬼《あまのじゃく》なところも嫌いではないが……今の俺は怖いか？」

「そうではありません」

一瞬で暴漢を捕らえた手腕、真剣な眼差《まなざ》しと厳《おごそ》かな雰囲気。

王族、そして軍人としてのセドリックを畏《おそ》れたのは確かだ。しかし、それは恐怖とは似て非なる感情。

今まで弱々しくて情けないと思っていた彼の意外な一面を目の当《ま》たり《あ》にして、素直にすごいと思った。

強くて頼れる男――それは、アデルの理想でもある。

「怖くはないですけど……でも、こんなふうに……」

少し強引に彼女に触れる唇や手を、怖いとは思わない。

ただ、こういうふうに抱き締められると、先日の淫《みだ》らな行為を思い出し身体が火照《ほて》る。

あの日、セドリックに与えられた快楽を身体がはっきりと覚えているのだと思い知らされるのだ。

「こんなふうに……?」

「あっ」

するりと夜着の中へ滑り込んできた大きな手。

セドリックは迷わず彼女の膨らみを掴《つか》み、ゆったりと弾力を揉《も》みしだく。

「やっ、あ……ン」

それにすぐさま反応して勃《た》ち上《あ》がった先端をきゅっと摘まれた彼女は、大きく背をしならせた。

「期待してしまう?」

「ち、が……っ」

「俺は期待する……貴女《あなた》がこんなふうに可愛い声を出し、反応してくれると……このまま俺のものにしていいのだと思ってしまう。ほら……」

「――ッ」

ぐいっと腰を引き寄せられて、臀部《でんぶ》に硬いものが押し付けられる。

「やだ……ちょっと、待って……セドリック様、ダメ」

「ダメ?　しかし、俺にはライバルがいるようだ。彼とは違って、俺はいつか国へ帰らなければならない身分……だったら、今のうちに貴女《あなた》を陥落《かんらく》させるしかない。たとえ身体からでも……他の男に奪われたくないからな」

やや余裕のない囁《ささや》き。

これはニコラスに対する嫉妬《しっと》なのだろうか。

セドリックがアデルの耳たぶを食《は》み、舌で縁《ふち》をなぞる。くちゅりと淫《みだ》らな音が直接脳に響いて、彼女の身体が震えた。

「やっ、セドリック、様……っあ」

もがけばもがくほど、巧《たく》みに体勢を変える彼に手足を搦《から》めとられる。両足が彼の膝に引っ掛かって大きく開かれた。上半身を片手で抱えられつつ、胸を揉《も》まれる。

さらにもう片手が身体の中心へ伸びて……

「ん、あっ、ああ……」

下着の上から秘所をなぞられると、ぞくりと背筋に痺《しび》れが走る。上下に動かされる指が布越しに秘裂をなぞっているのが、もどかしい。

間接的な刺激は緩《ゆる》やかな分、歯痒《はがゆ》さを生んで、アデルをじわじわと追い込んだ。

腰が揺れるたびに、押し付けられた昂《たか》ぶりが臀部《でんぶ》に擦《こす》れる。

「大胆だな……」

ふいに、はぁっと色気たっぷりな吐息を耳に吹きつけられて、彼女は首を竦《すく》めた。

ちゅっ、ちゅっとわざと音を立てながら、セドリックが耳回りにキスを落としてくる。耳たぶを甘噛みされたり、中へ舌を差し込まれたりしつつ胸と秘所の両方を弄《いじ》られて、頭がくらくらした。

「濡れてきた」

「あっ」

じんわりと蜜が薄布を濡らし始めた頃、彼が下着の中へ手を差し込む。指先がぬるりと滑るのがわかり、アデルはカッと頬を染めた。

まだほんの少ししか触れられていないのに……

「潤《うる》んでいるな?」

「や……」

彼の指先が泉の入り口で蜜を掻《か》き出《だ》し、秘芽にそれを塗り込む。

「あぁっ！　あ、あっ、だめ……っ、は、あんッ」

膨らんだ芽をじっとりと撫《な》でられて、アデルの腰が浮く。すると彼の指先は零《こぼ》れる蜜をさらに掬《すく》い、泉の周りの花びらをなぞってからもう一度秘芽を擦《こす》った。

そんなことを繰り返され、彼女の下腹部には熱が溜まりっぱなしになる。

身体の中心がひどく疼《うず》いた。

「止まらないな……中はどうだ？」

「んっ、んん……」

つぷり、とセドリックの指が奥へ進む。

濡れそぼった泉の中は、スムーズに彼の指を受け入れ、絡みついた。その動きは、異物を排除しようとしているのか、それとも一層奥へ誘おうとしているのか……

「熱いな……どこが気持ち良い？」

「あ……や……わからな……ッ」

まだ違和感のほうが大きく、アデルは首を横に振る。

耳元に落ちる熱い吐息、乳房の形を大胆に変える手、そして中を探《さぐ》る長い指……どこに意識を集中したらいいのかもわからない。

先ほどまでは、確かに絶頂への階段があったのに、今は複雑な道に迷い込んだみたいな焦燥《しょうそう》に襲われている。

「それなら、探してやる」

「ひゃうっ」

ぐるりと指を回された彼女は、足を突っ張った。同時に大きく足を開いたため、セドリックに自由を与えることになる。

長い指がゆっくりと出し入れされ、その動きがだんだんと滑《なめ》らかになると、今度は圧迫感が強くなった。

「んぁっ、あ、だめ……い、あっ」

二本に増やされた指が奥まで埋め込まれ、そこでばらばらに動く。

そしてお腹側のあるところを押されたとき、アデルの身体が今までとは違う反応を示した。

「ああ──」

「ここか？」

「あっ、あ、だめ、強く、しないで……やぁ……っ」

セドリックは二本の指を前後させつつ、彼女の良いところを引《ひ》っ掻《か》くみたいに擦《こす》り続《つづ》ける。

たまに思い出したように手のひらで秘芽を掠《かす》められ、彼女の意識は快楽の波に流されていく。わからなくなっていたはずの、絶頂への道筋がはっきりと見えた。

「あぁっ、あん……あ、あっ」

セドリックの腕にしがみつき、悶《もだ》え、喘《あえ》ぐことしかできない。

耳を舐《な》められ、胸の頂《いただき》を刺激され、愉悦《ゆえつ》が下腹部へ溜まる。

ふいに蜜壺を出入りしていた指が、その奥の疼《うず》きを刺激するかの如《ごと》く、根元まで埋め込まれた。

お腹の奥を指先で擦《こす》られ、彼女の身体に力が入る。

足がピンと伸び、爪先《つまさき》が曲がった。

目を瞑《つむ》ると、暗闇の中でチカチカと光が散る。

「だ、め……っ、あ……ッ、あっ」

「いい子だ、アデル……そのままイけ」

「ああ――っ」

誘惑の甘い囁《ささや》きが落ちるのと同時に、身体を仰《の》け反《ぞ》らせる。

強張《こわば》る手足とは対照的に、セドリックの指を呑み込む場所はいやらしく蠢《うごめ》き、奥から蜜を滴《したた》らせた。

やがて、全身の力が抜けると、彼が身体をベッドに横たえてくれる。

足りない空気を取り込もうと呼吸している間に、アデルの夜着をはぎ取ってしまった。

さらに、彼も身につけていた衣服を床に脱ぎ捨てる。

セドリックの影がすっぽりと彼女を覆《おお》う。

彼はそのまま首筋に唇を押し付け、肌を強く吸い上げた。

チリッとした痛みの後、チロチロと舌先で舐《な》められたその場所には、きっと真っ赤なキスマークがついただろう。

「肌が白いから、よく目立つな」

「んっ」

彼は満足そうに呟《つぶや》き、さらにキスマークを増やす。

首筋から鎖骨、そして胸元……赤い花びらの痕で彼の辿《たど》った道がわかるに違いない。

「や……そんなに……」

胸から下はドレスで隠れるとはいえ、執拗《しつよう》に肌を啄《ついば》む王子に、アデルは抗議の目を向けた。すると、セドリックが上目遣いに彼女を見やる。

二人の目が合った。

妖しく光る緑色の瞳は、情欲を孕《はら》んでいる。

逃がさない――そんな、獲物を狩る獣にも似た視線に囚《とら》われた。

「セドリック様……」

「そういう表情をするのは、俺の前だけにしろ」

彼は柔らかな膨らみに痕をつけ、その中心で尖《とが》った蕾《つぼみ》に軽く歯を立てる。

「あっ」

キスマークをつけられるときとは違う快感。

セドリックはちゅぱちゅぱと音を立てながら彼女の乳房に吸い付く。柔らかな弾力を大きな手で揺らしつつ頂《いただき》を嬲《なぶ》る様《さま》に、なぜかアデルの胸が締め付けられた。

自分の身体に夢中になっている彼が愛《いと》おしく思えるなんて……

「んっ、は、あぁ……」

熱い舌は優しく肌を撫《な》で、大きな手が荒く性急に彼女の身体を弄《いじ》る。

優しさと、彼女を求める強い意思。

その両方を感じ、下腹部が疼《うず》いた。

とろりと奥から蜜が溢れ、シーツを濡らす。

「あ、ああ……やぁ……」

やがて、セドリックが両胸の頂《いただき》を摘まみながら顔を下へ移動させた。先ほどまでと同じように、柔肌を啄《ついば》んだり強く吸ったりして、赤い道筋を残していく。

下腹部から秘所にかけて熱い吐息がかかり、アデルは背をしならせた。

そのせいで、彼にあられもない場所を見せつける格好になるとも知らずに……

「ああんっ」

彼が秘芽を口に含んだ瞬間、彼女は一際大きな嬌声《きょうせい》を上げる。

まるで、快感を焼き付けられているような感覚。

「あ……ダメ……」

セドリックに両膝を押し広げられ、秘めるべき花園を暴かれる。ぴちゃぴちゃと卑猥《ひわい》な音を立てて舐《な》められ、彼女は反射的に両手を突っ張った。

しかし、その手は柔らかな王子の金髪を掴《つか》むのが精いっぱいだ。頭を押し返そうにも、力が入らず、彼は我が物顔で泉の中へ舌を差し込んでくる。

「ひゃ――あっ、ああッ」

舌全体を使って秘所を舐《な》め回し、舌先で割れ目をなぞっては真っ赤に膨らんだ芽に吸い付く。それを何度も繰り返されて、彼女の頭はおかしくなりそうだ。

あまりの刺激の強さに耐えられず、アデルは身体を硬直させた。

「あ……はっ、はぁ……」

また達してしまった……

ぐったりと身体をベッドに沈ませ、視線を泳がせる。

弱々しく彷徨《さまよ》った手で鍛《きた》え上《あ》げられた胸板に触れた次の瞬間、ぎゅっと握《にぎ》り締《し》められていた。

「アデル」

指が絡んだ手をシーツに縫い付けられ、再び大きな身体の影が覆《おお》い被《かぶ》さってくる。セドリックの昂《たか》ぶりが秘所に押し当てられ、その熱量に彼女は息を呑んだ。熱さと硬さを直《じか》に感じる。

「セ、ドリック、様……」

彼の濡れた唇が、自分を絶頂に導いた淫《みだ》らな行為を思わせ、身震いした。

「アデル……俺に触れられて、こんなふうに蕩《とろ》けて……俺は期待してもいいよな？」

「……っ」

眉根を寄せ、苦しそうな表情で問われ、答えに詰まる。

抵抗しない。嫌だと思わない。気持ち良いと……思っている。

それは、アデルがセドリックに惹《ひ》かれているから？

答えられずにいると、彼がフッと優しく笑った。

「好きだ……アデル。貴女《あなた》は俺が守る。誰にも渡さない」

「んっ」

ゆっくりと重なる唇は、柔らかくて気持ち良い。

セドリックの告白が、じんわりと彼女の中に沁み込んでいく。

啄《ついば》むような軽いキスが繰り返され、彼女の身体から徐々《じょじょ》に力が抜けていった。それを待っていたかのように舌が差し込まれる。

ゆったりと舌を擦《こす》り付《つ》け合う行為にアデルが夢中になっていると、それを感じ取ったのかセドリックが彼女の泉に昂《たか》ぶりの先端を宛《あ》てがった。

「んんっ」

手を掴《つか》む彼女に構わず、そのまま腰を進めてくる。

「ふっ、ン……っ、んぅ」

指とは比べものにならない圧迫感。

十分に潤《うるお》っていても、まだ誰も受け入れたことのない場所だ。猛《たけ》った雄を受け入れるのは簡単ではない。

太い昂《たか》ぶりが隘路《あいろ》をこじ開けて奥へ埋め込まれていく。最初は違和感だけだった感覚が、じわじわと鈍痛に変わり、アデルの目尻から涙が零《こぼ》れた。

「やっ、痛い……やめ……っ」

「アデル。もう少し……力を、抜け……」

セドリックも苦しそうに顔を歪めつつ、宥《なだ》めるように彼女の頭を撫《な》でる。さらに、破《は》瓜《か》の痛みから彼女の気を逸《そ》らそうと、胸の膨らみに吸い付いた。

「あっ、は……あんっ」

舌先で尖《とが》った先端を刺激され、彼女はシーツを握《にぎ》り締《し》める。

彼に与えられる悦《よろこ》びを知っている身体は、素直にその快感を享受した。

そして、彼女の気がほんの僅《わず》かに逸《そ》れたところで、王子が一気に腰を進める。

「ああ――っ」

ずん、と重い衝撃。

じわじわと流れ込んでくる感覚は、痛みというには弱い気もする。

初めて男性を受け入れた身体は、彼女の戸惑《とまど》いと共鳴しているように思えた。

「……っ、温かい、な……」

セドリックが身体を震わせつつ抱き締めてくれる。

アデルも彼を抱き締め返し、初めて受け入れた男性の重みを感じた。強引に身体を奪った彼を責める言葉は出てこない。

そもそも、自分は拒絶しなかった。

怒りや後悔はない。不思議と心は穏《おだ》やかで、なぜかこれが必然のような気がする。

（私……）

ふと、自分の言葉を思い出した。

さっきはニコラスを追い払うためだと思っていた。でも、嘘の言葉をすらすら出せるほど、自分は器用じゃない。

相手が王子だとわかっていても「気持ち悪い」と言ってしまうくらい、取《と》り繕《つくろ》うことができないのだ。

アデルは、少なからずセドリックを信用していて、彼に惹《ひ》かれている。

彼もそれをわかっていて彼女を抱いた……

「アデル……何を、考えている？」

そっと頬に触れられて、彼女は震える息を吐き出した。

「後悔、しているか？」

「……っ」

その問いにも、すぐには答えられない。

だが、セドリックは彼女の返事を待っているようで、黙ったままだ。代わりに、頬を優しくなぞる指先が、言葉を促《うなが》していた。

アデルは彼の瞳を見つめていられなくなって、ぎゅっと目を瞑《つむ》る。

そして――

「して……ない……」

自分でも聞こえないくらいの、か細い声。

しかし、セドリックはホッと息を吐き出して、彼女の瞼《まぶた》にそっとキスを落とす。

「大切にする……アデル」

「あ――っ！」

彼の腰が緩《ゆる》やかに動き出し、アデルは嬌声《きょうせい》を上げた。

先端まで抜かれた昂《たか》ぶりが浅いところで前後し、入り口を掻《か》き回《まわ》す。それから再び奥まで埋め込まれると、やはり違和感が強くて身体が強張《こわば》った。

「悪い……もう少し、我慢しろ」

「あんっ、は……」

彼の手が膨らみに伸びる。

片方の膨らみを優しく揉《も》みしだきつつ、もう片方の先端に吸い付かれ、じわりと快感が彼女の下腹部へ流れ込んだ。

ゆっくりと昂《たか》ぶりが出し入れされるたびに蜜が絡みついて、律動がスムーズになっていく。

「ああ……ン、んぁ……あ……」

やがて、その声に快楽の色が混じり始め、それを聞いたセドリックの腰の動きが変わった。

彼女の中を慣らすようにゆっくり前後させていたのが、最奥を優しく突いたり、円を描く動きをしたり……

さらに、指で見つけた彼女の良い場所に先端を引っ掛けるみたいに腰を引く。

「ふあっ、あ、ああ……ッ」

いろいろな場所を巧《たく》みに刺激され、アデルはビクビクと身体を跳ねさせた。違和感はとっくにどこかへ霧散《むさん》して、膣壁がさらなる悦《よろこ》びを求めて昂《たか》ぶりに絡みつく。

すると、彼も腰を震わせ、苦しそうに呻《うめ》いた。

「は……アデル……すごい……絡みつく……」

我慢できないと言わんばかりに彼女の膝を腕に引っ掛けて、奥を穿《うが》つ。

「あぁあ――あっ、や、あぁん」

彼の昂《たか》ぶりが押し込まれるたびに、くちゅくちゅと淫《みだ》らな音が響き、蜜が溢れた。

「アデル。可愛いな」

「セドリック、様……」

がくがくと揺さぶられた状態でセドリックの様子を窺《うかが》うと、彼が目元を赤くしてアデルを見つめているのがわかる。

彼女の表情の変化を少しも見逃さないとでも言うような鋭い視線――それは、獰猛《どうもう》な野獣のものに似ているのに、慈《いつく》しみも溢れる情熱的なものだ。

鍛《きた》え上《あ》げられた胸板、割れた腹筋。太い腕も、腿《もも》も、男らしい。

額《ひたい》に浮かぶ汗や、うっすらと開いた唇から漏れる吐息も、普段とは違う。

城下町を走り抜けても余裕の表情だった彼が、今、彼女を求めて、こんなにも必死な姿を見せている。

その事実が胸をぎゅっと締め付けた。同時に中が蠢《うごめ》いて、彼の猛《たけ》った肉棒を包み込む。

「っく……アデル……」

「あっ」

ぐっと腹に力を入れ、何かを耐えているのか目を瞑《つむ》った王子。彼は、震える息を吐き出しつつ、上半身を倒して彼女の首筋に顔を埋《うず》めた。

「まだ……もう少し、中にいたい……」

「んん……」

ちゅうっと強く首筋を吸われ、チクリとした痛みが走る。そこを慰《なぐさ》めるように舐《な》めた後、彼は鎖骨、肩、胸元へと次々に痕をつけた。

きっとアデルの肌には、隙間がなくなるくらいキスマークがついているだろう。

何度もキスを落としながらも、彼は再び緩《ゆる》やかに動き始める。

「んっ、や……セドリック様……ああ……」

　繋がった場所をぐりぐりと擦《こす》られると剥《む》き出《だ》しになった秘芽が刺激され、彼女は悶《もだ》える。感じれば感じるほど、彼女の快感は繋がった場所からセドリックに伝わった。

　なぜなら、アデルの中が、咥《くわ》え込《こ》んだ彼のものを締め付けるから……

「気持ち良くなっているな……ここ、すごく濡れているぞ」

　するりと彼の手が二人の結合部を撫《な》でて、溢れた蜜をねっとりと掬《すく》い取《と》る。

　手に纏《まと》わりついた愛液を彼女の目の前で舐《な》めとるセドリック。

　彼の赤い舌が、自分の秘所から零《こぼ》れた蜜を……その卑猥《ひわい》な光景から、アデルは思わず顔を背《そむ》けた。

「恥ずかしがる姿も可愛いな」

　クスッと笑い、彼が最奥を穿《うが》つ。

「ああっ、あ……あ、だめ、はぁんっ」

「んっ、奥も、良さそうだな……」

「やっ、あぁ、あッ」

　小刻みに奥を突かれたアデルは、喘《あえ》ぐことしかできない。

　するとセドリックが律動に合わせて揺れる乳房を掴《つか》み、荒々しく揉《も》みしだきつつ、さらに腰の動きを速めた。

「アデル……俺も、そろそろ……」

「あっ、ああ……ッン、は、あぁ……」

目の前でパチパチと火花が散って、彼女の意識は快楽の波に攫《さら》われていく。下腹部には確かに熱が溜まって、愉悦《ゆえつ》の風船が弾《はじ》けんばかりに膨らんでいった。

だが、初めての行為での絶頂には、届きそうで届かない。

指での愛撫とは違う感覚がもどかしくて、切ない。

「アデル」

「ああぁ――っ」

身悶《みもだ》える彼女の秘芽に伸ばされた手。セドリックは自身を呑み込む場所で真っ赤に膨らんでいる蕾《つぼみ》をキュッと摘まんだ。

アデルの身体が本能的に求めていた刺激――それは、大きな愉悦《ゆえつ》となって彼女の全身へ広がる。

しとどに濡れた結合部がぐちゅぐちゅと卑猥《ひわい》な音を立て、その溢れた蜜は秘芽に塗り込まれた。

「あぁん、あっ、あ……ダメッ、や、あぁあ……だめぇ」

急速に絶頂への階段を駆け上がる彼女は、涙を流しながら嬌声《きょうせい》を上げる。

辿《たど》り着《つ》きたいのに、怖い。

でも、欲しい。

相反する気持ちの狭間で不安に駆られ、つい「ダメ」だと口走ってしまう。

「大丈夫だ……アデル。俺と一緒に……」

彼女の不安を包み込むような優しい声色。

その声の主は秘芽を擦《こす》り続《つづ》けつつ、彼女の中のいいところを突く。

それを何度も繰り返され、ついに彼女は背を大きくしならせた。

「んあっ、は、あぁ、ああ——っ」

爪先《つまさき》にギュッと力が入り、腰がビクビクと跳ねる。膣壁が淫《みだ》らにうねり、中の熱塊を締め付けた。

「ん……っ」

絡みつく彼女の中をこじ開けるように、セドリックが腰を押し付ける。そして、最奥でその欲望を放った。

じわりと奥で広がる熱を受け止めつつ、アデルは身体の力を抜く。

そのままくたりと手足をベッドに投げ出した彼女の腰を掴《つか》み、彼がさらに数回腰を打ち付けた。すべての白濁を中へ注《そそ》ぎ込む。

そして呼吸を整え、名残惜《なごりお》しそうに彼女から離れると、身体を抱き締めた。

厚い胸板に顔を寄せ、アデルは激しい行為の余韻に浸《ひた》る。下腹部に残る違和感と気だるさが、情事が現実であったことを物語っていた。

「アデル……」

「セドリック様……私……」

嫌ではなかった。

それは、彼女がセドリックを受け入れたということ——彼に、惹《ひ》かれているということ？

身体を重ねてしまってからそんなことを思うなんて、今さらだけれど……

「アデル……好きだよ。私は貴女《あなた》を、国へ連れて帰る。絶対に……」

口調が普段の彼に戻り、アデルは複雑な気持ちになる。

「どちらの、セドリック様が……私を好きになってくれたのですか？」

先ほどまで自分を求めていたのは、強引なセドリックだった。でも、今は普段の彼が愛を囁《ささや》いている。

疑問に思っていたことを口にすると、王子は一瞬目を見開いた。

しかし、すぐに優しく微笑《ほほえ》む。

「どちらも。私も……俺も……どちらもセドリックだよ。表面的なことは大した問題じゃない。王子の私を怒ってくれるアデルも、軍人の俺にときめいてくれるアデルも、アデルであるのと同じようにね。私の中身は同じだ。私が貴女《あなた》を妻にしたい」

汗で肌に張り付いてしまった髪をそっと除《ど》け、セドリックがアデルの額《ひたい》にキスを落とす。

どちらのセドリックも同じように彼女を好き。

それなら、自分は……？

自分に怒られて鼻血を出すほど喜ぶ変態で、情けないけれど優しいセドリック。

「男に生まれれば良かった」という彼女の劣等感を吹き飛ばし、寝込んだときは甲斐甲斐《かいがい》しく看病してくれた彼。

彼曰《いわ》くの〝共同作業〟に一緒に大笑いして……男の人といて、あんなに楽しかったことはない。

一方で、軍人のセドリックは、強くて逞《たくま》しいのだ。

暴漢から救ってくれた手腕は本物だったし、彼女を求める情熱的な瞳にはドキドキする。激しい愛情を持っているのに、触れる手は慈愛《じあい》に満ちている。

（どちらのセドリック様も、ちゃんと優しい……）

アデルはいつの間にか、変態だと罵《ののし》っていたはずの王子のことも嫌いじゃなくなっている。むしろ、一緒にいたいと思っているのだ。

「私も……どちらの貴方も、嫌いじゃありません……」

そう呟《つぶや》いて、彼の胸板に顔を寄せた。

セドリックの汗の匂いも、嫌だとは思わない。

彼を信用している。そうでなければ、身体を許すことも、こんなふうに寄り添って眠ることもできないだろう。

彼の温《ぬく》もりは、彼女を安心させてくれる。

そんな思いが、自覚を促《うなが》した。

アデルは、セドリックが好きなのだ——

第四章　筋肉商人の真実

数日後。

アデルはサリンジャー家の屋敷に向かうため、馬車に揺られていた。

彼女がサリンジャー家を訪問する理由はただ一つ――しっかりとニコラスとの婚約をお断りするためだ。

父のポールがすでに伝えているが、ニコラスは諦めていないようだったし、プランケット家の都合で迷惑をかけたのは事実である。

いくらニコラスが、思い込みの激しく正直面倒くさい人間であるといっても、筋はきちんと通すべきだろう。

それに――

（私は、セドリック様のことが……）

むぅっと顔を顰《しか》めつつ、アデルは複雑な気持ちを持て余す。

「好き」だなんて言おうものなら、セドリックが調子に乗って騒ぎそうなのが嫌だ。

あの日、身体を繋げて気持ちが引っ張られたせいか「嫌いじゃない」と口走ってしまったのは失態だった。

あれからの彼は以前にも増して暑苦しいというか、彼女にべたべたしてくる。

両想いだとしても、自分はもっと慎《つつ》ましやかにしていたい。

素直になりきれない自分にはほとほと呆れてしまうものの、気持ちは一朝一夕では変化しないのである。

身体まで許した以上、言い訳をするつもりはないが、もう少し控えてほしいというのが正直なところだ。

それにしても、セドリックは不思議な人だった。

いつの間にか心に入り込んでいた隣国の王子。

出会ってから日は浅いというのに……

彼に関しては、知らないことのほうが多い。

その点も、アデルが諸手《もろて》を挙げて彼の胸に飛び込めない要因なのかもしれない。

(どちらにしても、ニコラスとの縁談は完全になくなったのだから、けじめをつけないとね)

プランケット家としても、彼女個人としても、ニコラスとは結婚しない。それだけは確実だ。

それに、気になっていることもある。

アデルが暴漢に襲われた件だ。

先日のセドリックとニコラスのやりとりで感じた引っ掛かり……ニコラスがどうしてあの事件について詳しく知っていたのかを確かめたい。

目的地に着いたアデルは、御者《ぎょしゃ》に手伝ってもらい馬車から降りる。

サリンジャー家の屋敷の少し手前の開けた場所に馬車を待たせ、塀に沿って正門を目指した。

サリンジャーの家は元々小さな屋敷だったのだが、今では貴族のものと肩を並べるくらいの敷地を所有している。商会が潤《うるお》うのに従って、自宅を増築したり、商会の拠点を自宅の隣に作ったり、と大きくしていったのだ。

屋根の上に魚の置物が載ったヘンテコな屋敷を見ると、彼女の口からため息が漏れた。

果たしてニコラスは彼女の話に納得してくれるだろうか。

気が進まないせいか、足取りも重くなる。

だが、少し歩いたところで塀の模様の隙間からちらりと見えた人影に、アデルは思わず塀の中を覗き込んだ。

その人に見覚えがある気がしたからだ。

小さな穴から見ると、やはり彼女の知っている男が裏口へ小走りに近づいていくところだった。

遠目にわかる大柄な体格と派手な服装……間違いなく、セドリックに絡み、彼女を襲った男の一人だ。

あの日は確か、ヒョウ柄の服を着ていた。

彼らの装《よそお》いが妙にニコラスと被《かぶ》ると思っていたが、ひょっとしてサリンジャー商会の一員なのだろうか。

セドリックはニコラスに、アデルが襲われた事件のことを問い詰めていた。

内密に処理されたはずの事件について、ニコラスが知っていた、と。彼は軍に伝手《つて》があるような言い方をしていたし、セドリックも軍の危機管理が甘いのではと……

(ううん。でも、セドリック様は私が詳しく聞く前にはぐらかした……)

他国軍のシステムの欠陥など興味がないのかなと考えていたけれど、本当は話題を逸《そ》らしたかったのだとしたら？

――軍部の人間以外でこのことを知るのは、被害者か……もしくは加害者だけだ。

セドリックの言葉を思い出し、アデルは内臓が浮き上がるような感覚を覚える。無意識に口に手を当てた。

ニコラスがあの事件に関係している。そうとしか思えない。

しかし、本当にそうだったとしても、彼がアデルを襲う理由がわからなかった。

そんなことをしてバレたら、自分の立場が悪くなるだけだ。本人が彼女を手籠《てご》めにしようというのなら、まだ理解できる。もしくは、サリンジャー商会の者がニコラスのために暴走した可能性もあるかもしれない。

どちらにしても、隣国の王子まで巻き込む騒ぎを起こしたあの犯人は捕まったはずなのに、なぜここにいるのだ？

考えているうちに裏口が開いたらしく、ヒョウ男は中へ姿を消した。

彼がサリンジャー商会の一員ならば、目的の人物は一人しかいない。しかし、裏口から忍び込むような真似《まね》をする必要があるかは疑問だ。

（強盗目的……？）

それにしては、ドアをこじ開けたり蹴破ったりする素振りはなかった。至ってスムーズに、誰かに招かれて入ったふうにも見え……

なんにせよ、彼には前科がある。招かれたにしろ、そうでないにしろ、そんな男が屋敷にいること自体が危険だ。

怪しいことに変わりはないので、サリンジャー家の者に知らせなければ。

アデルは急いで正門へ回り、警備兵にニコラスに会いに来たことを告げた。警備兵がすぐに中へ案内してくれる。

「あの、さっき裏口に怪しい男がいたけれど……大丈夫なの？」

「怪しい男……ですか？」

「ええ。大柄な男よ。この前、城下町で捕まった男に似ていたの。牢から逃げ出して、サリンジャー商会の商品を盗もうと忍び込んだなんてことだったら……」

彼女の説明を聞き、警備兵は「ははっ」と軽く笑う。

「アデル様、ご心配には及びませんよ。サリンジャー家の警備は万全です。すべての出入り口に我々警備兵が常駐しておりますし、扉や窓が壊されると警報が鳴るようになっております。ニコラス様が他国から輸入された、優れた防犯設備なんだとか」

彼はそう言いつつ彼女を客室へ促《うなが》し、そのまま持ち場に戻っていった。彼と入れ替わりに、使用人がお茶を持って入ってくる。

「ようこそいらっしゃいました、アデル様。申し訳ありませんが、ニコラス様は只今商談中ですので、少々お待ちいただけますか」

「ええ、ありがとう」

アデルはソファに座り、テーブルに置かれたティーカップを見つめる。けれど使用人が出ていくと、サッと扉のほうへ駆け寄った。

（商談中ですって……？）

脳裏にちらつくのは、先ほど裏口から屋敷へ入ったあの男。彼が強盗目的で忍び込んだとしたら、もっと騒ぎになっているはずだ。

しかし、警備兵はそんな心配はないと言うし、使用人も普段通り。

それならば、ニコラスの商談相手というのが彼である可能性は高い……だが、裏口からこっそり入っていく理由はなんだというのだ。

いや、あの男とは別のもっと前に屋敷を訪ねてきた者がいるということもある。

そうすると、裏口から侵入した男は一体何者……？

（ああ、もう！　ややこしいったら……）

アデルはぐだぐだ考えるのが苦手だ。こういうときは必ず、悩むよりも自分で確認するほうが早いという結論に至る。

それは今回も例外ではなかった。

気になるなら、確かめればいいだけだ。

彼女はそっと客室の扉を開き、廊下に出た。

ニコラスの書斎の場所は知っている。一度大きな商談が成立したときに、この屋敷で開かれたパーティに来たことがあるのだ。

そのときは両親がニコラスとの縁談に乗り気だったせいで嫌々連れてこられ、上機嫌のニコラスに屋敷を案内された。

（まさか、あのときのことが役に立つ日が来るとは思わなかったわ）

何事も経験しておくべきとは、こういうことなのだろうか。

（でも、部屋に入るわけにはいかないわよね……様子を窺《うかが》うには……）

窓からが一番良いかもしれない。

そう閃《ひらめ》いたとき、ちょうど廊下の向こうから使用人が歩いてきた。

「ねぇ、貴女《あなた》！」

「まぁ、アデル様。客室でお待ちになってくださいと……」

「ごめんなさい。でも、一人じゃ退屈なの。庭に出てもいいかしら？　窓から見えたお花が綺麗だったから。すぐに戻るわ」

適当な理由をつけると、使用人は納得したようで頷く。

「そうでしたか。気遣いが足りず、申し訳ありませんでした。お庭へはあちらの扉から出られますので、どうぞ」

「ありがとう」

アデルは礼を言い、彼女が示した扉から外へ出る。

花壇の花には目もくれず、ぐるりと屋敷を回って、ニコラスの書斎があるほうへ急いだ。

しゃがみ込んで姿が見つからないように窓に近づき、慎重に頭を少しずつ上げていく。

白いレースのカーテンで中は見にくいが、それは同時にアデル自身が見つかりにくいということだ。

彼女は目を凝《こ》らして中を覗いた。

（いない……？）

商談が終わってしまったのだろうか。中はもぬけの殻《から》だ。

そのとき、ガチャリと扉の開く音がして二人の男の声が聞こえてきた。一人はニコラス、もう一人はおそらくヒョウ男の声だ。

また裏口を出入りに使っていたらしい。

アデルはそっと裏口のほうへ近づいて、息を潜《ひそ》める。

「それじゃあ兄貴、頼みますよ。牢屋は結構キツイっすから」

「ああ、悪かったな。すぐにあいつも釈放されるよ。軍には、またアレを配っておいたから」

ヒョウ男がニコラスを「兄貴」と呼んでいるのを聞いて、アデルの心臓がどくんと大きく跳ねる。

彼女が襲われたときも、男たちは「兄貴」と口走っていた。

（確か、セドリック様のことを「兄貴」って……）

彼女を助けに来た王子を〝兄貴〟だと勘違いしたと仮定すると、あの場所にニコラスが来る予定だったということになる。

つまり、やはりあの襲撃事件は兄貴――ニコラスが首謀者だということだ。

「しかし、兄貴。どうするんですか？　作戦は失敗しちまったし、まずいっすよ。このままじゃ、本当にアーバリー王国の王子にアデル嬢を攫《さら》われちまう。せっかくアレを他国に広めるチャンスなのに……」

「わかっているさ。ちょうどアデルが来ているから、うまくやるよ。きっと彼女も気に入る。アレはよく効くから、隣国でも必ず人気になる。皆が幸せになれるんだ！」

二人の会話を聞きながら、アデルの鼓動は速まるばかりだ。

ニコラスたちの言う「アレ」が違法な何かだということは、間違いない。それを軍人に配ることで、自分たちの犯罪を見逃してもらっているような言い方だ。

捕まったはずのヒョウ男がここにいることも、それを証明している。

そして、ニコラスがアデルと結婚したがっていたのは、やはりプランケット家の貿易権を得るためだった。そうして得た輸送ルートを使って他国でその何かを売り、利益を増やそうとしている。

さらに、その目的を達成するためにアデルにまで「アレ」を使おうと……？

嫌な音を立て続ける心臓を押さえ、彼女はふらふらとその場を離れた。おぼつかない足取りでなんとか客室へ戻り、ソファに座る。

ニコラスはすでに彼女が訪ねてきていることを知っている。ここで急に帰ったら怪しまれるかもしれない。

それに、彼が自分を襲わせた黒幕であることやサリンジャー商会の闇取引について、今は盗み聞きした話しか根拠がない。

しっかりとした証拠を掴《つか》まなければならないのだ。

（私が……やるしかないのよね……）

アデルはすでに敵地に乗り込んでいる。

虎穴《こけつ》に入らずんば虎子《こじ》を得ず！

こうなったら何かしら証拠を持ち帰るしかない。

この場合は、話に出てきた「アレ」そのものがいいのだろうか。

彼女にも使うようなことを言っていたから、ニコラスが実物を持ってくるはずだ。少しでもいいので、それを持ち帰れば……

しかし、訴える先は選んだほうが良さそうだ。

軍人の中にはサリンジャー商会の息がかかった者がいる。誰がニコラスの「アレ」の信者であるか、アデルでは判断できない。

信用できる軍人なんて――

（セドリック様）

隣国の王子ではあるが、彼も軍人だ。

彼女を助けてくれたとき、ラングポート王国とも連携を取っていると部下に話していたはず。

ならば、彼に事情を話したらどうだろう。そうすれば、この件は然《しか》るべき機関で裁かれるに違いない。

彼の姿を思い浮かべると、俄然《がぜん》、自信が出てきた。

セドリックのことをこんなにも心強いと思うなんて、やっぱりアデルは彼を信頼しているのだ。

（それでも、助けられてばかりじゃダメよね！）

王子の隣に立つのなら、覚悟が必要。

彼女も王子や国のために行動しなければならない。

サリンジャー商会は国を跨《また》いで悪事を働こうとしている。それを食い止めるのは、ラングポート王国の国民としても当然のこと。

アデルは両拳《りょうこぶし》を握《にぎ》り、鼻息荒く気合を入れた。

そこへ、ニコラスがやってくる。

「アデル！　君から会いに来てくれるなんて、嬉しいよ！」

「ニコラス。ごきげんよう」

彼女は努めて冷静に挨拶をし、ソファに座り直した。

向かい側に腰を下ろしたニコラスは、いつにも増して上機嫌だ。まるで、彼女が自分のものになると確信しているかのよう。

「待たせてしまってごめんね。大事な商談があったんだ」

「そう……うまくいきそうなの？」

あくまでも世間話を装《よそお》って表情を窺《うかが》っていると、彼はうんうんと頷いて両手を広げてみせた。

「もちろん！　実は、とても良い商品があってね。まだ使ってくれている人は少ないんだけれど、効果は絶大で人気に火がつきそうなんだ。きっとアデルも気に入ると思うよ」

「私も……？」

「うん。今日は、特別に君にも見てもらいたい」

彼がそう言って指を鳴らすと、すぐに使用人が部屋へ入ってくる。どうやら廊下で待機していたらしい。

使用人が押してきたカートには、新しい紅茶のカップとポット、それに小さな薬瓶が一つ載っていた。小瓶の中身は透明の液体だ。

「アレ」に違いない。

先ほど出されたお茶は片付けられ、新たなものが出される。淹《い》れ立《た》てのそれからは湯気が立ち、波立つ水面が彼女の緊張する心を映すみたいに揺れていた。

すぐにニコラスが自分の前に置かれた紅茶に小瓶の液体を一滴、二滴……三滴入れる。

そして、彼女を見つめた。

「アデル……」

誘惑しようとしているのか、普段より低い声で彼女の名を呼ぶ。

アデルはごくりと唾を呑み込んだ。

目の前で薬を入れるなんて……それも、彼女の紅茶にではなく、彼自身のものに。

安全だというアピールなのだろうか。

「この栄養剤は素晴らしいよ。僕は毎日君のことを想って飲んでいる。君の理想の男に近づけるからね。この栄養剤を飲んで激しい運動で自分を追い込む！　素敵だろう？汗を流すことが気持ち良くなるんだ」

彼の流し目が気味悪く、アデルの背筋にぞくりと鳥肌が立つ。

ニコラスは栄養剤と言っているが、怪しいことこの上ない。

しかも、自分のことを想ってそれを飲んでいるなんて、気持ちが悪い以外に言葉が見つからなかった。

激しい運動で汗を流すことが気持ち良いなんて……そんなわけがない。

震える手を膝の上で握《にぎ》り、彼を睨《にら》みつけることで彼女は恐怖を振り払おうとした。

気持ち良くなれる素晴らしい栄養剤――その謳《うた》い文句で思いつくのは、媚薬《びやく》くらいだ。

アデルに飲ませて、手籠《てご》めにする算段なのか。男二人に彼女を襲わせた前科もあるので、その可能性は高い。

（絶対に飲まないわ）

彼女は唇を噛み締めて、なんとしてもその怪しい「栄養剤」を口に入れまいと決意した。

そのとき――

「え……？」

呆《ほう》けた声が出てしまったのは、ニコラスが「栄養剤」入りの紅茶を一気に飲み干したからだ。

彼は「ああ……」と恍惚《こうこつ》の表情で空《から》になったカップをソーサーへ戻す。

（な、なんで？）

力ずくの攻防を覚悟していたアデルは拍子抜けだ。

まさか、ニコラスは自身を興奮させその勢いで彼女を襲おうと考えているのか。

「この栄養剤は即効性もあってね。アデルもすぐわかるよ」

「私は飲んでいないわ」

即効性も何も、彼女は一口も紅茶を飲んでいない。今も、最初に部屋に通されたとき

に出された紅茶も、一滴たりとも身体に入れていなかった。

「それなのに、わかるわけ——って、な、何⁉ ちょっ、何しているの！」

突然、ニコラスがシャツを脱ぎ捨てて上半身裸になる。彼女はびっくりして、ソファ

の上に飛び乗ってしまった。

「君が飲む必要はないよ。これは、男が自信を持てる栄養剤なんだから。んん……効い

てきた！ さぁ、アデル。僕の肉体美を存分に見てほしい！」

「は、はぁ？」

驚きに目玉が飛び出そうになっていた彼女の目が、今度は点になる。

彼は「んー」とか「はー」とか言いながら、自らの身体を撫《な》で回し、彼女に近づいてきた。

「ひっ、ちょ……来ないで！　なんなの!?」

使用人が引いてきたカートの下段に置いてあった重りを手に取った彼は、それを彼女の目の前で上下させる。

「ほら、見てごらん！　僕の上腕二頭筋が今、鍛《きた》えられている」

「じょ、じょうわん……？」

「ああ、大胸筋も一緒に喜んでいるよ。アデル……さぁ、触ってみて」

片手で重りを持ち上げつつ、彼女の手を取り、力こぶに触れさせる。そうして硬く盛り上がった筋肉を撫《な》でさせ、ニコラスは頬を染めた。

「アデルが……ついに、僕の筋肉に触れて……僕の虜《とりこ》に……」

興奮しているせいか、彼は汗を滲《にじ》ませ呼吸を乱している。

アデルの手に触れる湿った感触が気持ち悪い。

こんな変態的な姿の虜《とりこ》になると、本当に思っているのだろうか。

ひとまず、この薬剤は彼女をどうにかしようという媚薬《びやく》ではないようだが、あまりに予想外の出来事に言葉が出てこない。

口をパクパクさせながら、アデルは身体を硬直させた。

「ん？　上半身だけでは満足できないかな？　アデルは欲しがり屋だね」

「ひ――っ」

ごとりと重りを床へ置き、ニコラスはズボンに手をかける。

「心配ないよ。下半身もしっかり鍛《きた》えている。普段は見えないけれど、今日はこの硬さと太さを存分に楽しむといいよ」

「ちょ、やめて！　来ないで！」

今度こそ貞操の危機だ。

一体彼は、ナニの硬さと太さを確かめさせる気なのだ！

ニコラスがベルトを緩《ゆる》めると、重力に従って彼のズボンが床へ落ちる。

「いやあぁぁ！　助けて、助けて！　セドリック様!!」

アデルは両手で顔を覆《おお》い、渾身《こんしん》の限り叫び声を上げた。

こんなところにセドリックがいるわけがないのはわかっているが、以前、爽快《そうかい》に現れて彼女を助けてくれたことがある。

頼れる男性は、彼しかいない。

「ああ、アデル。怖がらないで。大丈夫だよ。これが君の理想だろう？」

グッと片手を掴《つか》まれ、彼女はピタリと硬いモノに触れさせられた。

「きゃああああ」

「アデル！」

再びアデルが叫んだのと、客室の扉が大きな音を立てて開いたのは同時だった。

次の瞬間、変な沈黙が部屋に満ちる。

彼女は涙で濡れた頬も拭《ぬぐ》わないまま、部屋の扉のほうを見た。

「セドリック様……」

来てくれた——そうホッとして、冷静な気持ちを少し取り戻す。

「ん？　セドリック王子？」

「セドリック王子！　お待ちを……」

「ああ、君。セドリック王子ならばお通しして構わないよ。ちょうどいいから、僕のプレゼンを見てもらおう」

ニコラスは慌てた様子もなく、開いた扉のほうへ視線を向けた。その表情には余裕があり、セドリックを追いかけてきた警備兵を窘《たしな》めている。

「プレゼン、だと？　この状況で、一体どんな言い訳をするつもりだ」

ソファの上でアデルに襲い掛からんばかりのニコラスの状態を見て、セドリックが低い声を出す。しかし、ニコラスのほうは心底不思議だと言わんばかりの表情で小首を傾《かし》げた。

「言い訳とは？　僕は今、この筋肉の素晴らしさをアデルに感じてもらっていたんだよ。この栄養剤の効果を証明する、僕の美しい身体をね！」

「筋肉……？」

セドリックの目は、怒りと困惑と……奇妙な何かを凝視するものになっていた。

彼の視線はアデルの手とニコラスの〝硬くて太いモノ〟に釘付けだ。

彼女もぎこちなく首を動かし、自分の触れているものへ視線を向ける。それに気づいたニコラスは前のめりになって早口に説明を始めた。

「どうだい、アデル？　僕の鍛《きた》え上《あ》げられた大腿四頭筋《だいたいしとうきん》は！　美しいだろう？　まるで彫刻のようだと思わないかい？」

「だいたいしとうきん？」

自分が触れているのが異様に筋肉のついた太腿《ふともも》だということに安心したような、想像していた〝硬くて太いモノ〟が、自らの穢《けが》れた思考を露呈《ろてい》していて恥ずかしいような……複雑な気持ちだ。

そんな彼女の気持ちなど露知《つゆし》らず、彼は饒舌《じょうぜつ》に喋《しゃべ》り続ける。

「実は、大陸の端にある深い森に、素晴らしい民族が住んでいてね。彼らは男性も女性もしなやかな筋肉のついた体型をしているんだ。聞けば、森にたくさん生息する鳥を主食にしているというじゃないか。そして、食料は狩猟で手に入れると――」

日常的な狩りが彼らの身体を自然と鍛《きた》え、その食料は筋肉を作るための栄養素となる。

彼らの生活にヒントを得て、ニコラスはその鳥を食用として育てる計画を立てた。

育った鳥は彼が買い取る。お金ではなく物々交換にも応じるサリンジャー商会を、彼らはすぐに受け入れてくれたという。

「優秀な研究員を雇い、その鳥肉に含まれる筋肉増強に必要な成分を凝縮した栄養剤を開発したのさ。これを飲んでトレーニングをすることで、肉体改造の効果は倍以上になるんだよ！」

一年ほど前に増築した建物は、そのための研究所だったらしい。実験台はニコラス自身だ。

しばらくすると、彼の身体の変化を間近で見ていた商会のメンバーがその秘密を知りたがり、彼は実験に協力してくれるならば……と栄養剤を配るようになった。

その頃にはかなりの安全性が証明されていたが、もちろん研究段階のものであるため、同意書へのサインと守秘義務を課したという。

そうして研究が続き、サリンジャー商会のメンバーの変わりようを感じた周囲の者たちも、彼らの秘密に興味を示し始める。そんなふうに口コミで広まっていったのが「アレ」――もとい、この栄養剤らしかった。

「特に医療目的に使うわけではないが、かなりの効果を証明できた。これからサリンジャー商会の専売品として登録し、輸出もしていきたいと考えている」

元々は私用な目的のものだったが、口コミだけでこの広まりようだ。世の中に「強くなりたい」男性が多いことを知ったニコラスは、商品化を決めた。

筋肉自慢ポーズを繰り返しながら、彼は商品のプレゼンを続ける。

「この栄養剤をトレーニングと併用することで、上質な筋肉を効率良くつけることができるのさ」

アデルには筋肉の質はわからないし、ムキムキの商人が存在する意義もよくわからない。

「この栄養剤は人気になるよ。世界中の『強くなりたい』男性、そして『強い』男性を求める女性、すべての人間が幸せになれるからだ。もちろん、強くなりたい女性が使用することも可能だよ。これは、サリンジャー商会の理念そのものなのさ！　筋肉は世界を救う！」

どうやらニコラスはアデルのために強い男になろうとして、屈強な肉体という安直な答えに辿《たど》り着《つ》いたようだ。

だが、意外なことに、それを求める人間は多いらしい。

そして、件《くだん》の栄養剤は違法というより、変態の薬と言ったほうが正しい気がする代物《しろもの》だった。

それにしても、ニコラスの呆れるほど真っすぐ突き進む性格と、商売魂《しょうばいだましい》には恐れ入る。

「それじゃあ、これは危険なものではないのね？」

「危険なわけがないよ。僕自身が健康であることが何よりの証明さ！」

両手を広げ得意そうな彼を見て、アデルはため息をつく。

おそらく彼女と同じくセドリックも、彼を危険な男だと思っていたのだろう。なんともおかしなサリンジャー商会の理念とやらを熱弁され、脱力している。

今やセドリックは深く長い息を吐き出し、こころなしか肩を落としていた。

「それは……素晴らしい理念だな」

「そうでしょう、そうでしょう！　セドリック王子も良かったら触って――」

「しかし、いくら安全でも、まだ正規の商品として認められていないものを他国に流すのは違法だ。我がアーバリー王国では怪しい薬が出回っていることを確認している。それを成分析した結果、貴方が倉庫代わりにしている家に保管されていた薬と一致した」

「アーバリー王国に？　ふむ……僕はまだこの商品を売ったことはないし、試してもらう場合も必ず同意書を提出してもらっている」

「ならば、その同意書とやらの内容を守っていない人間がいるということになるな」

セドリックが指摘すると、ニコラスは顎《あご》に手を当てて考える素振りを見せた。

「そうか。約束を破った者には罰金を科すなどの対策はしていたが……数が増えすぎてしまったようだ。軍人の中にも噂《うわさ》を聞きつけて研究所にやってきた者がいたんだ。最初は断ったんだけど、どうしてもと言われてね。もちろん同意書にはサインしてもらったし、規律については確認したんだけど……そうか。アーバリー王国にまで流出してしまったのは、僕の失態だったね」

軍人同士で噂《うわさ》になった薬は、ニコラスの知らないところで広がりを見せていたみたいだ。

隣国の軍人と交流のあったラングポート王国の軍人の誰かが、軽い気持ちで試供品を譲ったのかもしれない。

だが、それは元を正せばサリンジャー商会――ニコラスの責任となる。

未認定の商品が他国へ渡ってしまったことへの罰は受けることになるだろう。ニコラスもそれは理解しているのか、肩を落とした。

「それに、アデルを襲わせたことは、どう説明するつもりだ？」

「襲わせたって……やっぱり、あの人たちが言っていた兄貴は貴方だったのね？」

セドリックの追及に、アデルも続けて問う。

「それは……っ！」

ニコラスは申し訳なさそうに、さらに項垂《うなだ》れた。

「すまない。でも、すぐに助けに行くつもりだったんだ！　暴漢に襲われているところを、僕がこの自慢の筋肉で助ける。そうすれば、アデルは僕の筋肉を認めてくれると思って……」

「はぁ？　何を言っているのよ。まったく、貴方ってどこまで馬鹿なの？」

「僕がアデルを助けられる強い男だと証明したかったんだ。それで、部下に協力してもらって……」

ニコラスの自白を聞いて、今度はアデルのほうががっくりと項垂《うなだ》れる。

「何をしているのよ……」

「でも、作戦は失敗して部下は捕まってしまうし、セドリック王子に花を持たせることになって……こうなったら、もうアデルに栄養剤の効果を直《じか》で見てもらうしかないと思った。それで、どうやって屋敷に招こうかと考えていたら、君が来てくれて……」

これ幸いと商品をプレゼンしたそうだ。

「しかし、この栄養剤の効果は本物だ！　セドリック王子も確かめてみてほしい」

「いや、遠慮しておく」

反省しているのかしていないのか、どうしても筋肉自慢をやめないニコラスに頬を引きつらせ、セドリックは彼の横をすり抜ける。

そのままアデルのもとへやってくると、彼女を抱き締めた。

「無事で良かった」

「セドリック様……」

アデルもようやく身体の力を抜き、セドリックに抱きつく。

「アデル……」

それを見たニコラスが悲しい表情になる。

そこで、アデルはようやく自分がサリンジャーの屋敷に来た本来の目的を思い出した。

セドリックから離れて立ち上がり、姿勢を正す。

「ニコラス。私が今日、貴方を訪ねてきたのは、正式に縁談を断るためなの。お父様が縁談に乗り気だったのは本当よ。セドリック様が現れたからと急に気を変えるなんて、貴族様に都合良く利用されたって批判されても仕方がないわ。結果的に貴方のことを振り回してしまったことは謝る。ごめんなさい」

謝罪のためにしっかりと頭を下げた後、ニコラスに真っすぐな視線を向けた。

ほぼ全裸の商人に向かって真面目な話をするというのは、かなりシュールな状況だが、ここに来た目的はきちんと達成しなければならない。

「でも、それを抜きにしても、私はニコラスとは結婚できません」

「アデル……！　でも、僕は……」

「わかっているわ。貴方が本当に人々のために働こうとしていることは、理解できた。でも、私の気持ちは貴方にない。セドリック様にあるわ。私は、セドリック様のことが好きなの」

もう後には戻れない。

「でも、結婚しなくても、貴方のその栄養剤がきちんと商品として認められたら、貿易の手伝いはすると約束する」

「……僕は、プランケット家の爵位や権利を別にしても、君のことが好きだよ」

ほぼ全裸で告白されても嬉しくないけれど、ニコラスは至って真面目らしく、つらそうな表情をしている。

アデルは首を横に振った。

「ごめんなさい。やっぱり貴方のことは受け入れられない。正直、最初は貴方が商人だから……変な人だから、嫌だと思っていた。でも、今は違う。セドリック様のことが好きだからよ」

最後はセドリックに向かって言う。

「セドリック様は、私自身を認めてくれたの。私が生まれてきたこと、プランケット家の将来のことも一緒に考えてくれるって……すすんで私の看病をしてくれたり、悪者を退治してくれたり、強さと優しさを兼《か》ね備《そな》えた、素敵な人なの」

王子は彼女の視線をしっかりと受け止め、頷いてくれた。

「俺もアデルを離さない。いくら彼女に認めてもらうためとはいえ、ニコラス……貴方がアデルを危険な目に遭《あ》わせたことには変わりないと思う。そんな貴方にアデルを任せることはできない」

「そう……だね。確かに僕は、卑怯《ひきょう》な真似《まね》をした。アデル……申し訳なかった」

ニコラスもさすがにやりすぎだったという自覚があるのか、素直に謝罪の言葉を口にした。

大商会の跡取り息子のくせに、センスは皆無《かいむ》。その上、意味のわからない努力をしてしまう馬鹿だけれど、彼にはどうにも憎めない一面がある。

素直すぎるというか、馬鹿正直というか……

そんな真面目な性格が暴走すると、こういうことになってしまうらしい。

アデルは静かにその謝罪を受け入れた。

「――クリストフ、入れ」

ふいにセドリックが呼ぶ。すると、クリストフを先頭にラングポート王国の軍服を着た軍人が数人現れた。

「アーバリー王国へ流出した栄養剤の件とアデルへの暴行未遂事件、両方の償《つぐな》いはしっかりしてもらう」

ニコラスはその言葉に何も言い返さず、軍人の指示に従って脱いだ服を身につけ、彼らについていく。

アデルはそんな彼らを見送って、セドリックとともにサリンジャー邸を後にした。

＊＊＊

それからしばらくの間、セドリックはアデルに会いに来なかった。

彼女はずっと読めなかった本をとっくに読み終え、新しい本も数冊読破している。

（もう……一体なんなのよ）

セドリックは彼女の告白を聞いたはずだ。

今まで執拗《しつよう》に自分を追いかけ回していたくせに、ぱったりと来なくなった王子にどうしようもなく苛立《いらだ》つ。

新しい本を求めて城下町へ行っても、つい彼の姿を探してしまう自分。こうして彼を待っている自分。

嫌だ、嫌だと言っていたのに、いざ放っておかれると気になるなんて、我ながら勝手すぎて嫌になる。

（もう、国へ帰っていたりして……）

彼は休暇でラングポート王国に来ていると言っていた。それが嘘だったことくらい、さすがにアデルも気づいている。

（利用……されたのよね）

自国の軍隊に妙な薬を使う人間がいることに気がついた彼は、調査のためにラングポート王国へやってきたのだ。

初めて会った日、彼がサリンジャー商会の男に絡まれていたのは必然だったのかもしれない。わざと絡まれるような行動をしていた可能性も十分にある。

そんな中、たまたま通りがかった彼女がニコラスから逃げていると知り、素性を調べた。隠してもいない彼女の情報を知ることは容易だ。そして、二人の関係を知ったからには、それを利用しない手はない。

アデルに惚《ほ》れたと言ったのは、彼女に近づきやすくするための口実だ。

そう考えると、すべての辻褄《つじつま》が合う。

そして今、予想とはまったく異なる結果ではあっただろうが、当初の目的通りサリンジャー商会を追い詰め、彼は自国の危機を回避した。

一国の王子が休暇中に隣国の貴族令嬢に一目惚《ひとめぼ》れ——そんな夢のような話があるわけがなかったのだ。

セドリックのアプローチを真に受けてしまった自分が悔しくて、悲しい。

けれど、あの日、アデルが生まれてきてくれて嬉しいと言ってくれたのは嘘だったのだろうか。

性格が変わってしまうほど彼女の無防備さを怒ってくれたことも？

情熱的に求めてくれたことも……？

じわりと滲《にじ》んできた涙を腕に押し付け、アデルはテーブルに突っ伏した。

すると、カタカタカタ――と、馬車の近づいてくる音が窓の外から聞こえてくる。

うんざりしていたその音に、こんなにも期待してしまう日が来るなんて思いもしていなかった。

アデルは勢い良く顔を上げて窓に近づく。

もちろん、今日は脱出用の縄の用意などない。

(……セドリック様！)

白くて上品な馬が引く、洗練されたデザインの箱。

ゆっくりと屋敷に近づいてくる馬車を凝視し、それが屋敷の門の前で止まると、彼女は弾《はじ》かれたように部屋を出た。

急いで階段を下り玄関前に立ったのと同時に、来客を告げにやってきた使用人と鉢合わせる。

「まぁ……アデル様。セドリック様がいらしていますよ」

もはや笑いを堪えきれていない使用人に構わず、「扉を開けてちょうだい」と命じた。

そうして開いた玄関扉の向こうには、待ちわびた人の姿――金色の髪をなびかせて、赤と黒の正装でかっちり決めたセドリックが立っている。

「ごきげんよう、アデル」

「……今さら、どういうつもりでいらしたのですか？」

彼女は、つい心にもないことを言って突っぱねてしまった。

「……っ！　久しぶりの活《かつ》だね。私は感動で震えているよ」

けれど彼は、文字通りプルプルと身体を震わせ、片手で口を押さえる。彼女に冷たくされて喜んでいるのが丸わかりだ。

「今日は、貴女《あなた》を正式に迎えに来たよ」

「……鼻血を出しながら？」

王子の手の隙間から赤い液体が垂れているのを見て、アデルは眉を顰《ひそ》める。

すると、後ろで控えていたクリストフが無言でハンカチを差し出した。それで鼻を拭《ぬぐ》いつつ、セドリックはコホンとわざとらしい咳払いをする。

「これは私の性癖だから仕方がない。貴女《あなた》のお父様であるプランケット伯も……」

「その話は蒸し返さなくていいです！」

もっと真面目な話が始まるのかと思っていたのに、ドM王子が自分を正当化しようとするので、彼女はピシャリと遮《さえぎ》った。

そんな態度は相変わらず……それでも、彼女は変わった。

以前のようにドン引きせず、以前通りの彼の様子に安心して思わず頬を緩《ゆる》ませてし

まっているのだから。

「では、私と一緒に来てくれる？　私の愛しい人……アデル」

「セドリック様が言うのなら仕方ありません。支度ができるまで、待っていてください」

フンと顔を背《そむ》け、無意識ににやける表情を隠す。

使用人に出かける準備をする旨《むね》を伝え、アデルはできるだけゆっくり階段を上がった。浮かれて軽くなってしまう足取りを悟《さと》られたくなかったからだ――


外出用のドレスに着替え、薄く化粧を施《ほどこ》したアデルは、あれからセドリックの馬車で海を見渡せる丘へやってきていた。

休憩所となっているガゼボに腰を下ろし、しばらく海を眺《なが》める。海は太陽の光を反射して、キラキラと光っていた。

隣に座っている二人の距離は、少しだけ遠く、肩も手も触れていない。けれど隣にいるお互いを意識するくらいの微妙な空間が二人の間にはある。

どちらも黙ったまま、しばらく潮風に当たった。

口火を切ったのは、アデルのほうだ。

「セドリック様には聞きたいことがたくさんあります」

「……そうだろうね」

「嘘偽《いつわ》りなく答えてください」

「もちろん」

彼女の出方をわかっていたようで、セドリックは穏《おだ》やかな調子で受け答えをした。

それを聞いた彼女は一度、自分の気持ちを確認する意味も込めて頷き、疑問に思っていたことを言葉にする。

「あの日……私と出会ったのは、偶然ですか？」

「そうだよ。私と貴女《あなた》の出会いは偶然だ。まさか、ラングポート王国の女性があんなに勇敢だなんて思いもしなかったから、驚いたよ」

彼はそのときのことを思い出したのか、少し笑った。

「では、ニコラスのことは？　私との接点を知って、私に近づいたのですか？」

「その答えは、ＹＥＳが半分、ＮＯが半分かな」

質問の予想は大体ついているらしく、彼の返答には淀《よど》みがない。

それは予《あらかじ》め用意してきた答えだからというよりは、事実を述べているためであるように、アデルには感じられた。

「私があそこにいたのはニコラス・サリンジャーの悪事について、証拠を掴《つか》むためだった。ただし、そこに女神が現れたのは予想外の出来事だ。私が、強くて頼もしい、自分を叱《しか》ってくれる女性の虜《とりこ》になってしまったこともね」

サリンジャー商会のメンバーに絡まれても、セドリックならば自力でなんとかできただろう。

彼の実力を知っているアデルには、疑う余地はない。

その上、彼はおそらく軍隊とも連携を取っていたはずだ。そこへ偶然ニコラスから逃げる途中の彼女が現れた。

「お礼と……求婚をするために、貴女《あなた》のことを調べたんだ。貴女《あなた》が現れた途端、急に男たちが去っていったのも気になったし、危険な事件に巻き込むことも避けたかった。それで、サリンジャー氏の婚約者にされそうになっているということを知った」

そこでセドリックは言葉を切り、アデルの手を取って自分の膝の上に乗せた。

「こういうふうに言うと、誤解されるかもしれないが、敢《あ》えて言うよ。私は貴女《あなた》との接点を持つことを一石二鳥だと考えていた」

「私へのアプローチと、ニコラスの調査を同時にできるからですか？」

「後者が違うな。貴女《あなた》を守ることができるからだよ」

ぎゅっと指が絡まって、痛いくらい強く手を握《にぎ》られる。

「貴女《あなた》は親切心で私を助けたのだと思う。けれど、そのせいで私との関わりを疑われ、狙われるかもしれない。現に、サリンジャー商会の商人たちに襲われた――理由は、私が予想していたものとはちょっと違ったけれどね」

休暇と称してラングポート王国に滞在していたセドリックは、アデルに出会うまで自ら率先して調査や軍の指揮をしていた。

しかし、彼女と出会ってからは指揮権をクリストフに譲り、彼女を守ることを優先するようになったという。

毎日繰り返されたあの追いかけっこは、適当なところで彼女に会えるように調整していただけで、実際はずっと後をつけていたそうだ。

「あの日、貴女《あなた》がサリンジャー商会の商人たちに連れ去られる現場も見ていた。だが……」

そこで苦虫を噛《か》み潰《つぶ》したような顔をした王子は、初めて言《い》い淀《よど》む。そんな彼の代わりにアデルが言葉を続けた。

「彼らから情報を引き出すために、すぐには助けなかった」

セドリックの沈黙が、その答えを物語っている。

アデルは、彼の立場をわかっている。ラングポート王国にやってきたのは、アーバリー王国の軍人としての任務。

自国民を守るために、事件の真相を探《さぐ》るのは当然のことなのだ。

彼女の手を握《にぎ》りながらも否定の言葉を出せないのは、王子の葛藤《かっとう》を意味している。

しかし、彼女にだって言いたいことはあった。

それが我儘《わがまま》だとしても、本当に——

「怖かったのに」

「っ、アデル……！」

強がりのアデルが初めて口にした弱音に、セドリックがハッとする。

「セドリック様が助けに来てくれて嬉しかったのに……ひどいです。あの人たちが私に乱暴しようとするのを黙って見ていたんですか？　あの人たちが何か手がかりになることを漏らすと思ったから？」

もちろん、セドリックの判断は正しい。

あのとき、彼らが「兄貴」と口走ったことで、別に主犯格の人間がいることがわかったし、彼らを捕まえてサリンジャー商会との関わりを証明することができた。

けれど——

「……すまなかった。私が悪い。貴女《あなた》よりも、任務を優先したのは事実だ」

しおらしい王子の様子は、あの日激昂して自分に触れた彼とは正反対だ。

「私を囮《おとり》にしたってことですよね？　自分がそうしたのに、勝手に怒って、あんなこと……」

彼は、どんな気持ちで彼女を抱こうとしたのだろう。

「助けなかったのは自分のくせに、私が他の男に触られて嫉妬《しっと》したのですか？　気が立っているなんて理由であんなことをして……」

嬉しかったのに。

自分を心配して、嫉妬《しっと》して……強引だけれど優しく触れられ、好きだと言ってもらえたみたいだった。

「――ごめんね」

掠《かす》れた声で放たれた言葉に、涙腺が一気に緩《ゆる》む。

「どうして謝るの！　これじゃあ、私が騙《だま》されたみたいじゃない！　私のことを好きだって言った貴方の言葉が嘘みたいじゃない！」

「そうじゃない！」

泣きじゃくるアデルを抱き寄せて、セドリックは一度深呼吸をする。自分と、そしてアデルを落ち着かせるみたいに、大きく息を吐きながら彼女の頭をそっと撫《な》でた。

「そうじゃないよ……アデルのことが好きなのは本当だ。そうじゃなければ、あんなことはしない。あの日、気が立っていると……自分をコントロールできないと言ったのを覚えている？　私は貴女《あなた》が襲われるのを見ていた……あいつらが貴女《あなた》に触れるのには、もちろん腹が立ったよ。でも、一番怒りを覚えたのは……すぐに助けに行けない自分自身に対してだった」

目の前で愛する人が襲われているのに、助けに行けない。

「王子であり、軍人である自分を恨めしく思ったのは初めてだ……身勝手な理由であることはわかっている。でも、あのときは自分をコントロールできず、怒りに身を任せて貴女《あなた》を抱こうとした。怖がらせてしまって……本当に、申し訳ない」

苦しいくらいに抱き締められた身体から、王子の気持ちが伝わってくる。先ほど叫んだこともあって、少し冷静さを取り戻したアデルは、ぐすっと鼻を啜《すす》った。

「別に……怖くは、なかったわ」

涙声でそう言うと、セドリックが身体を離して彼女の顔を覗き込む。

「本当に？」

頬を伝う涙を拭《ぬぐ》われつつ、彼女は目を泳がせる。

「助けてくれたのは嬉しかったから……へ、変態で情けない男だと思っていたセドリック様が、強くて驚いただけで……かっこ、よくて……」

最後のほうはもごもごと曖昧《あいまい》に言葉を濁《にご》した。それでも、言いたいことは伝わったようで、彼はホッと息を吐き出す。

「やっぱり、貴女《あなた》は優しくて頼もしい女性だ。罵倒《ばとう》されるのもぞくぞくするけれど、こんなふうに泣いて怒る一面もグッとくる」

「なっ、またふざけているんですか⁉」

相変わらずの変態的発言に、アデルは彼を睨《にら》みつける。

だが、王子の表情はとても穏《おだ》やかで慈愛《じあい》に満ちたものだった。彼女に怒られてだらしなく緩《ゆる》んだ顔とは違う。

「アデル。改めて告白するよ。私は貴女《あなた》が好きだ……これからは、貴女《あなた》を私の人生の最優先にすると誓う。だから……私と結婚してほしい」

セドリックがアデルの左手を取り、その薬指にちゅっと口づける。

なぜだろう。アデルは彼を見つめたまま動けなくなった。

彼からの求婚は初めてではない。

けれど、王子が自分を好きだと言ってくれて嬉しいと思える。

彼女だって、とっくに彼への気持ちを自覚していた。

それでも、すぐに「はい」という言葉が出てこないのだ。

「いいえ」と言うつもりはない。

だが、今ここで結婚を承諾したら、どうなるのか想像してしまう。

今さら、セドリックが王子であり軍人であることに怖気《おじけ》づいたのだろうか？　それとも、自分がアーバリー王国へ嫁《とつ》ぐことが不安なのか？

はたまた、さっきまで怒っていたくせに、コロッと「結婚する」と言うのが悔しいだけの、ただの意地っ張りなのか。

一番大事なプロポーズの返事よりも、どうでもいいことばかりが、アデルの頭の中を駆け巡る。

我ながら面倒な性格だ。

そんな彼女の心境を察してか、セドリックが突然ふふっと笑った。

「軍人であることが枷《かせ》ならば、やはり私が商人になろうかな……これでもダサリンジャー商会よりはセンスがあると思うよ。プランケット家の婿《むこ》になっても構わない。それで、貴女《あなた》を守れるのならばね」

「……そういうのは、重いです」

本気なのか冗談なのかわからない戯言《たわごと》は、やめてほしい。王子が軽く「婿《むこ》になる」なんて言うべきではない。

たとえ、場を和《なご》ませるためだとしても……

「でも、アデルが迷っているのは――」

彼がまだ続けようとするので、アデルは唇を奪ってそれを遮《さえぎ》った。

ちゅっと、軽く触れただけのキスの後、驚いて目を丸くする王子の顔を見て、どこか優越感を覚える。

「別に、結婚しないなんて言っていません」

ぷいっと顔を逸《そ》らしてそう答えると、セドリックはまた笑って「ありがとう」と彼女を抱き締めた。

＊＊＊

その夜。

プロポーズの後、アデルは城下町を散策してセドリックの滞在している宿へやってきた。

いつも逃げ回って駆け抜けていた城下町を、ゆっくり散歩するなんて初めてで、なんだか新鮮だ。何を買うのでもなく、ただ市場を見たり知り合いに挨拶したり……デートと呼べるかもわからないようななんでもないひととき。

彼は、その後のサリンジャー商会の処遇についても教えてくれた。

調査の結果、あの栄養剤はニコラスの言う通り、危険なものではなく筋力トレーニングに効果があるということがわかったようだ。常用しても健康に害はない。

他の商会に研究を盗まれないために隠していたという言い分も考慮され、その研究や商品化前の取引などのやり方について是正勧告が出されるに留まった。

だが、アデルを襲った件に関しては度を越しているとの判断で、関わった人間に処分が下されている。

まぁ、こちらはニコラスが莫大な保釈金を支払うことで解決してしまうだろうと、セドリックは不満げだ……

それでも処分はラングポート王国の領分であるため、口出しはできないのだとか。

ただし、セドリックは公式の処分とは別に、ニコラスと個人的な約束を交わしたらしい。内容は、アデルとの結婚を諦めること。そして、プランケット家の利権について過度に執着しないこと。

ニコラスは意外と素直にそれを受け入れたそうだ。アデルが新商品の輸出入に協力すると言っていたことが大きかった、と聞かされる。

つまり、ニコラスはセドリック以上の変態――筋肉に命を懸ける男だったということだ。

ちなみに、アデルの父であるポールにも事件のことは報告済みだった。

彼は娘を危険な目に遭《あ》わせたニコラスにかなりの不信感を抱いたようで、ニコラスが謝罪に訪れると、苦い顔をした。

アデルはそんな父にサリンジャー商会との取引を続けてほしいと口添えし、ポールは渋々それを承諾している。

そんな一件もあり、ニコラスはプランケット家に頭が上がらない。

それこそが大きな収穫だ、とアデルは内心安堵《あんど》している。

もっとも、そのなんとも馬鹿らしい結果に、セドリックは呆れ気味で、母国への報告をどうするべきか頭を抱えていたが……。

「ダサリンジャー商会ムキムキ珍事件……う～ん、長いわね。筋ニコラス珍事件？　微妙ね……もっといいネーミングが……」

「アデル、何を悩んでいるの？」

ベッドに転がりつつ、アデルが新聞の見出しを考えていると、バスルームからセドリックが出てくる。

「セドリック様！　今回の事件の通称を考えていました」

「……俺と過ごすのに？」

突然目つきが鋭くなった彼にドキリとし、彼女は慌ててベッドの上に正座する。

「妬《や》けるな」

ベッドに乗り上げ、近づいてくる王子。前屈《まえかが》みになって迫る王子のバスローブの間から、彼の胸板が見えた。

見え隠れするしなやかな上半身に、思わず喉が鳴ってしまう。

先に湯浴みを済ませた彼女が着ているのも、セドリックが用意した薄い夜着だけ。それが意味するのは……

（初めてじゃないんだから……）

アデルは自分を落ち着かせるために心の中で言い聞かせ、深呼吸をする。

「妬《や》く必要なんてないじゃないですか」

「そうか？　俺はアデルがそうやって強がるところが好きだが……他の男のことを考えられるのは嫌いだ」

「考えてないです！」

今は、目の前の王子の色気に当てられっぱなしで、そんな余裕などない。

「それより！　セドリック様、また軍事用になっています！」

「ダメか？」

「……ダメ……前は……それで、その……した、から……」

彼女に迫るときはなぜかSッ気が強くなる王子――よく考えると、きっかけはいつも嫉妬《しっと》だった。

しかし、最初にアデルに告白したのは、普段のセドリックのほうだ。

どちらも同じセドリックだと言うが、プロポーズしてくれた日くらいは、普段の王子と過ごしたい。

「えっと、いつもの、セドリック様にも……」

だが、そこまで言ったところで、アデルの首から顔がぶわっと熱くなった。

自分は一体何をお願いするつもりなのだ。「いつものセドリックに抱いてほしい」なんて、言えるわけがない。

「私に、抱いてほしい？」

「あわっ、だ、抱い……っ、そんな、こと……」

わたわたと両手を胸の前で振り、慌てる。すると、彼が彼女の身体を引き寄せて、自分の膝の上に座らせた。

「可愛いね、アデル」

「あっ、セド、セドリック、様……あの、何かっ、当たって……」

膝立ちで彼を跨《また》ぐ格好になった彼女の足の間に、すでに硬く張り詰めたものを感じる。

「ふふ。何かって、一つしかないよ。太くて硬いモノ。わかるでしょう?」

「やっ、やらしい言い方しないでください!」

「ふふ。恥ずかしがるアデルが可愛いから、仕方ないでしょう?」

「あんっ」

セドリックが彼女の柔らかな尻を掴《つか》み、その首筋に顔を埋《うず》める。さらに、昂《たか》ぶりを擦《こす》り付《つ》けてくるものだから、彼女の口からは無意識に声が零《こぼ》れた。

「アデル。今日は、嫉妬《しっと》からではなく、ちゃんと貴女《あなた》のことを好きだという気持ちが伝わるように、優しく抱くよ……いいよね?」

「……はい」

彼女の気持ちを理解して、欲しかった約束をしてくれる彼に、こくりと頷く。

そのままどちらからともなく唇を寄せた。

「んっ……」

啄《ついば》むような軽いキスをしながら、彼がアデルの臀部《でんぶ》を撫《な》で回す。

ゆっくりと全体を揉《も》んだり、下着の線をなぞる動きで煽《あお》ったり……足の付け根に指先を近づけられると、期待で身体の内側が疼《うず》く。

キスはだんだんと深いものになり、彼女は自ら舌を差し出して、セドリックのそれに擦《こす》り付《つ》けた。ざらついた舌の感触が生々しい。

息をする間も惜しむように、二人は互いを貪《むさぼ》るような口づけを繰り返した。

「んっ、あ……ふ、ン……」

くちゅりといやらしい音を立てて交わる。

セドリックに抱きつくと、触れられていないはずの胸の先端が彼のバスローブに擦《こす》れて、そこが尖《とが》っていることがアデル自身にもわかった。

淡い刺激がもどかしく、彼女は彼の肩からバスローブを落とす。そして、逞《たくま》しい胸板に膨らみを押し付けた。

その瞬間、重なった唇の隙間から、くすっとセドリックの笑い声が漏れる。

「アデル……大胆な貴女《あなた》も素敵だよ。とても興奮する」

「セドリック様……」

「期待している？」

「……ん」

キスだけですでに熱に浮かされていたアデルは、こくりと頷く。すると、セドリックが彼女の手を取り、自身の昂《たか》ぶりへ導いた。

「私も、期待しているんだ。触ってくれる？」

バスローブの中に誘導され触れた熱に、彼女は喉を鳴らす。

初めて触れたそれは、不思議な感触だ。

「こうして、上下に……」

ゆるゆると剛直を扱《しご》くようにと教えられ、言われるがままに手を動かす。

一方の彼は、彼女の膨らみに顔を近づけて、尖《とが》った先端を舌で突いた。

「あっ」

薄い夜着を押し上げていた頂《いただき》を、ぺろりと舐《な》められる。そのまま布ごと口に含まれて舌で扱《しご》かれると、ビクンと身体が跳ねた。

臀《でん》部《ぶ》を揉《も》まれ、胸を舐《な》められて……弱い刺激が下腹部に溜まっていき腰が揺れてしまう。

その上、自分はセドリックの昂《たか》ぶりを扱《しご》いているのだ。

裸になっているわけではないのに、こうしてお互いを愛撫し合っていることに、興奮する。

「ん……は、あぁ……」

身体の奥に溜まった快感が、じんわりと溢れ出てくるのがわかる。

セドリックに触れられて気持ち良くなっていることを知ってほしい。でも、それを口にするのは恥ずかしい。

二つの感情の狭間で、もどかしさが募《つの》る。

それを知ってか知らずか、彼がぴたりと愛撫をやめた。

「ねぇ、アデル……すごく気持ち良い……もっと、触ってほしいな。いい？」

「え……？」

セドリックがはだけたバスローブを完全に脱ぎ捨てて、もぞもぞと身体を動かす。そして、彼女の両手を再び昂《たか》ぶりへ導いた。

先ほどよりも大きくなった気がするそれは、すでに天を向いて彼のお腹にぴたりとくっついている。

初めて見る男性の象徴を前に彼女が固まっているのを見て、彼は彼女の頭をそっと撫《な》でた。

「怖い？」

「こ、わいわけでは……でも、どうしたら……」

「ゆっくり、撫《な》でて？」

優しくそう言いつつ、彼女の手に自分の手を重ねて動かす。

「先のほうも、触ってほしい……」

そして色っぽい吐息を漏らしながら、どうしてほしいかを口にした。

先端に滲《にじ》んだ液体はぬめっていて、いやらしい。けれど、嫌悪感は微塵《みじん》もなく、アデルはドキドキしながら彼の昂《たか》ぶりを扱《しご》く。

くるくると先端を撫《な》でると、彼の腰がビクッと動いた。

それは、彼に触れられたときの自分の身体の反応と似ている。だから、セドリックも気持ち良いのだとわかった。

嬉しくなった彼女は、彼が反応する場所を探すように、昂《たか》ぶりを丁寧になぞっていく。

先端、その下にあるくぼみ、そして根元まで……初めはセドリックの手と一緒に動かしていたのが、いつの間にか彼の手は離れている。

彼女は自ら手を動かしていた。

「ア、デル……はっ、気持ち良い……っ、く」

「セドリック様……どういうふうにしたら、もっと気持ち良いですか？」

彼の反応がなおも欲しくて、そう問う。

すると、彼が一瞬狼狽《うろた》えたように見えた。

しかしすぐに喉を上下させ、何か覚悟を決めたみたいに人差し指で彼女の唇に触れる。

「口で……してくれる？」

「あ、あの……それは、キス、すればいいですか？」

「うん……できれば、舐《な》めてくれると……気持ち良いと思う。歯を立てないようにだけ、気をつけてほしいけれど……」

上ずった声に、赤く染まった頬。

すでにこれだけ恍惚《こうこつ》の表情をしている彼がこの先どうなってしまうのか、アデルは見てみたくなる。躊躇《ちゅうちょ》することなく、握《にぎ》っている昂《たか》ぶりに唇を近づけた。

「……っ、は……」

先端に唇がほんの少し触れただけで、セドリックの口から色っぽい声が漏れる。根元から先端までを何度か往復し、くぼみの部分を舌でなぞってみた。

「んっ、アデル……それ……」

彼の反応を見る限り、やはり先端のほうが感じるらしい。

ぺろりと滲《にじ》み出る液体を舐《な》めとると苦い味が口の中に広がったが、彼女はそのまま先端を口に含んだ。

握《にぎ》った昂《たか》ぶりがピクッと震え、先端が膨らむ。

彼女はそのまま先端を舐《な》め回し、口を大きく開けて昂《たか》ぶりを咥《くわ》えた。到底全部は入りきらないが、喉の奥まで入れて前後に動き、唇で扱《しご》くようにする。

苦しくて涙が滲《にじ》むものの、それ以上にセドリックが気持ち良さそうに控えめに喘《あえ》ぐのが嬉しい。

アデルはだんだんと大胆になり、根元を手で擦《こす》りつつ唇で剛直を扱《しご》く。

ちゅぷちゅぷと音を立てるのは、セドリックがそうすることで自分が興奮すると知っているからだ。きっと、彼も同じ。

彼に気持ち良くなってほしくて、アデルは夢中になって昂《たか》ぶりを舐《な》めしゃぶった。

「アデル……もう、いい……出そ……ダメ、だ……」

ぐいっと肩を押され、彼女は昂《たか》ぶりから口を離す。

すぐにセドリックは深呼吸で自身を落ち着かせ、彼女を抱き締めた。

「気持ち良かった……アデル……その……初めて、だったんだよね？」

「当たり前です！　こんなこと……誰にも、したことない……」

ほとんど抵抗なく口で愛撫したので、彼は驚いたのかもしれない。しかし、これが他の人にできるかと言われたら、答えは絶対にＮＯだ。

「嬉しい。ありがとう」

セドリックはそう言って、頭を優しく撫《な》でてくれた。子供を褒《ほ》めるみたいな仕草だけれど、彼の喜びが伝わりアデルもくすぐったい気持ちになる。

「アデルは？」

「え？」

「貴女《あなた》も私にしてほしいこと、言ってみて」

彼はアデルに自分の願いを伝え、「気持ち良い」、「嬉しい」、と感じたことを素直に言葉にしてくれた。

「……恥ずかしがらず、なんでも言ってほしい。私は、貴女《あなた》の望むことをしてあげたい」

「あ……」

もしかしたら彼は、アデルが羞恥《しゅうち》から我慢していたことを引き出すためにそう言ったのかもしれない。

自分が願ったのだから、彼女も……と。

彼に淫《みだ》らな行為をねだられても、アデルは嫌だと思わなかった。それは、きっと彼も同じ。そう気づいたら、抵抗感はなくなる。

「あの……さ、触って……」

「どこに?」

「――っ、ここ……」

ずっと疼《うず》いている場所……彼のものを愛撫しながらも、そこは潤《うるお》いを増すばかりだった。

彼女は震える両手で逞《たくま》しい手を、自らの足の付け根へ導く。

王子の指先が中心に触れると、冷たくなった布の感触が秘所に当たった。

「濡れているところ? この上からでいい?」

布の上から人差し指が緩《ゆる》やかに前後する。

「んっ、んん……」

アデルは首を横に振って、それではもどかしいと伝えようとする。

「それなら、脱がせていいの?」

彼はあくまでも彼女の希望を叶えるという形を貫《つらぬ》くつもりらしい。

彼女は羞恥《しゅうち》で顔を真っ赤にし、こくこくと頷いた。

彼の手が下着にかかり、ゆっくりとそれを下ろしていく。恥ずかしさで震えながらも、アデルは膝を浮かせて布から足を抜いた。

そして、セドリックの手が内腿《うちもも》に触れる。

「は……ン……」

じわじわと上がってくる熱い指先が待ち遠しくて、アデルは彼の首にしがみついた。

「ここまで濡れているよ」

「や、言わないで……」

泉から溢れ出た蜜で、花びらの外側まで濡れている。それを指先で確かめるように、彼は柔肌をなぞった。

足の付け根に近いところを一周、その少し内側を一周、そして花びらに近い場所を一周……

ただそれだけで、泉の奥からさらに蜜が溢れてくる。

「すごいな……ぬるぬるしているね」

「やぁ……」

どれだけの愛液が溢れ出ているかを知らしめるようなセドリックの言葉。

アデルを言葉で煽《あお》ろうとするのは、彼の性格らしい。普段と変わらず温厚な王子も、淫《みだ》らな甘い囁《ささや》きで彼女を翻弄《ほんろう》する。

彼は花びらに蜜を塗り込むようにした後、泉の中に指を埋め込んだ。

「ほら……すんなり指が入っていく」

「あ……あっ、ああ……」

ずぷっと奥まで入った指は、奥の蜜を掻《か》き出《だ》すような動きをし、その後、引き抜かれる。それを何度か繰り返し、さらに指が増やされた。

しとどに濡れた膣内は、すんなりと王子の指を二本受け入れる。

「中、熱いね……気持ち良い？」

指が出し入れされる、ぐちゅぐちゅとしたいやらしい音が響く。

奥のほうで指先が動くと、それに絡みつくように中が蠢《うごめ》いた。

「んっ、あ……あぁん、あっ、い……き、きちゃう……」

「もう……？　指でいいの？」

「あ……」

突然、指が引き抜かれ、その喪失感にアデルの口から思わず落胆の声が出る。

王子が蜜で光る指を舐《な》めながら、艶《なま》めかしい視線を彼女に送った。

泉から溢れた蜜が内腿《うちもも》を伝い、鳥肌が立つ。

「このまま、指で弄《いじ》ってほしい？　それとも……舐《な》めてほしい？」

ぺろりと指を舐《な》める舌の赤さが、生々しく映る。

アデルは彼から視線を逸《そ》らせず、ごくりと喉を鳴らした。どちらの愛撫も気持ち良いことを知っている。セドリックに教え込まれたから。

でも、より大きな快感を得られるのは……

「アデル？」

「あの、舐《な》めて……ほし……」

もう、恥ずかしいなんて考える理性は残っていない。

先ほどセドリックは、本能に従順に快楽を求めた。アデルはそれに応えて彼を愛撫し、彼女自身も喜びを感じたのだ。

彼が好きだから。彼が気持ち良くなってくれることが嬉しい。

セドリックも同じ。

ならば……アデルが自分を理性で抑え付ける理由など、どこにもない。

「ん……いい子」

彼は素直に自分の欲を口にしたアデルを褒《ほ》め、彼女をベッドに押し倒す。そのまま足を大きく広げさせ、秘所に顔を埋《うず》めた。

「んあっ、ああ――ッ」

ちゅっと吸い付かれたのは、真っ赤に膨れ上がった秘芽だ。

いきなり大きな刺激を与えられて、目の前でチカチカと火花が散る。

彼女は仰《の》け反《ぞ》って喘《あえ》いだ。

すると彼が、濡れそぼった花びらを舌でなぞったり唇で扱《しご》いたりしながら、溢れてくる蜜を啜《すす》る。じゅるっと音を立てて夢中で花の蜜を吸い、それでも足りないと言わんばかりに泉に舌を差し込んだ。

「あんっ、あ、あっ、ダメ……そんな、強く……」

絶頂に近づこうと強い刺激を探《さぐ》る彼女の腰の動きに呼応して、彼の舌が秘芽を嬲《なぶ》る。

断続的に生まれる快楽に涙目になりながら、アデルはセドリックのほうを見やった。

大きく広げた足、その間に端整な顔を埋《うず》める王子、そして見え隠れする赤い舌。

自ら足を開いて秘所を見せつけるような格好に、彼女の体温が上がる。

「ふふ……ヒクついて、いやらしいね」

彼はそう言って、泉の中に再び指を差し込んだ。

「ああ――っ」

根元まで差し込まれた指は中でくにくにと動き、彼女の良いところを探《さぐ》る。中と外を同時に刺激され、アデルは身を捩《よじ》った。

無意識に上へ逃げようとする太腿《ふともも》を片手で抱え込み、セドリックがさらに激しく彼女の中を掻《か》き回《まわ》す。

「やっ、ダメ……んあぁ、あっ、あ……」

彼が指を動かすたびにぐちゅりと水音が立ち、彼女の嬌声《きょうせい》が響いた。そうして溢れ出る蜜を彼が舐《な》め啜《すす》り、さらに卑猥《ひわい》な音が立つ。

王子の熱い吐息と舌が交互に秘芽を掠《かす》め、アデルは腰をますますくねらせた。長い階段を駆け上がった後みたいに息が苦しくなり、口を開けて空気を取り込もうとする。

そんな彼女の様子から絶頂が近いと悟《さと》ったのだろう。彼がふいに秘芽を熱い口内に含み、その舌で転がした。

「あっ、もう、やあぁ……ッ」

爪先《つまさき》に力が入り、アデルはシーツを掴《つか》んで一層強い快感を享受する。

「あ、あ、ああぁ――」

すると、絶頂に震える彼女の顔中にキスを落とし、王子は優しくその身体を撫《な》で回した。

その程度の弱い刺激さえも、絶頂を迎えた彼女の身体は十分な快楽として認識する。

悦《よろこ》びにビクビクと跳ねるアデルを愛《いと》おしそうに見つめ、セドリックが彼女の夜着を脱がせた。

「アデル。挿《い》れるよ」

「あっ、待って……まだ、ダッ、あっ、あぁあっ」

ぐいっと腰を掴《つか》まれたと思ったときには、大きな質量が中へ沈み込んでいる。

あまりの熱量にアデルは一瞬息が止まったかと思った。

「すごい……絡みついて……また、イッたね？　挿《い》れただけなのに……可愛い」

「あっ、は……はっ、や、ン」

昂《たか》ぶりを締め付けてくる中の動きから彼女が続けて達したらしいと感じたのか、彼も興奮した様子だ。

繋がった部分を撫《な》で回し、呼吸を荒くする。

アデルはそんな緩《ゆる》やかな愛撫さえも強く認識してしまい、身体を捩《よじ》った。

「っ、く……アデル、締め付けすぎだよ……」

けれど思っている以上に強く締め付けてしまうようで、彼が苦しそうに眉根を寄せる。

「だって、セドリック様が……」

「ん……わかっているよ。ごめんね。少し、このままで……」

ふわりと優しく微笑《ほほえ》み、セドリックがアデルを抱き締める。

そのまま唇を重ねられた。

ゆったりと舌を絡め、一つになっていることを確かめ合おうとする。お互いの体温をごく近くに感じた。
「ふ……ん、んっ」
差し出した舌を吸われたり、上顎《うわあご》を舐《な》められたりするうちに、彼のすべてが身体に馴《な》
染《じ》んでいくみたいだ。
まるで、最初から一つだったように……
やがて、唇が離れ、二人を繋いでいた銀糸がぷつりと切れると、それを合図にセドリッ
クが腰を揺らす。
「あんっ、あっ、あ……」
ゆっくりと昂《たか》ぶりが抜き差しされ、アデルの良いところを擦《こす》る。それが気持ち良くて、
彼女の中では再び快感の風船が膨らみ始めた。
彼が彼女の頬を撫《な》でつつ、その悦楽《えつらく》を確実に引き出していく。
彼の緑色の瞳にアデルが映っている。慈愛《じあい》に満ちた表情をした彼に揺さぶられると、
彼女の胸はキュンと疼《うず》いた。
「セドリック様……好き……」
「……ずるいね、アデル。いつもは素直じゃないのに、こんなときに『好き』って言う
なんて」

「ああ――っ」

我慢できないと言わんばかりに奥を突かれ、背がしなる。

セドリックは律動を速め、彼女を攻め立てた。

揺れる乳房に吸い付きつつ、奥を穿《うが》つ。

「あっ、あ、ダメ……セドリックさまぁ」

硬くなった頂《いただき》を嬲《なぶ》りながら、器用に腰を動かす彼に翻弄《ほんろう》され、アデルは嬌声《きょうせい》を上げることしかできない。

隘路《あいろ》を押し広げるように捻《ね》じ込《こ》まれる剛直は、しかし、愛液に濡れてスムーズに抜き差しされる。

次から次へと溢れる蜜が彼の太腿《ふともも》やシーツを濡らし、腰を打ち付けられるたびに淫《みだ》らな水音が響いた。

「セドリックさま……」

「ん……奥がいい？　それとも、ここ？」

「あ――ッ」

セドリックは最奥を穿《うが》ったり、彼女の良いところに先端を引っ掛けたり、巧《たく》みに腰を動かす。アデルの表情を窺《うかが》いながら、中を探《さぐ》り続けた。

「ねぇ、アデル。どこが一番気持ち良い？」

「あっ、あぁ、は、あんッ」

彼女の口からはひっきりなしに喘《あえ》ぎ声が漏れ、問いに答える暇もない。どこを刺激されても気持ち良くて、おかしくなってしまいそうだ。

奥が少し苦しく、彼と隙間なく繋がっていることが感じられる。

彼女の弱い場所は言わずもがな、泉の入り口も昂《たか》ぶりの先端で擦《こす》られる。そんな焦《じ》れったささえも気持ち良い。

「アデル……どこが気持ち良いか教えて」

「ん、ああっ、は……ぜ、んぶ……いいっ、あっ、あ――」

アデルがなんとか答えると、セドリックは興奮したように息を呑み、彼女の膝裏に手をかけた。荒々しく膝を押し開き、腰を激しく打ち付け始める。

昂《たか》ぶりが先端まで引き抜かれ、また最奥を穿《うが》った。それを何度も繰り返され、彼女は仰《の》け反《ぞ》って喘《あえ》ぐ。

「ああっ、あ、あぁん」

そして律動に合わせて足をガクガクと揺らし、シーツを握《にぎ》り締《し》めた。

「ダメ、イッちゃう……もっ、やぁあ――んっあ、あ……」

「――ッ」

さらにビクンと腰を跳ねさせると、セドリックが眉根を寄せて呻《うめ》く。

けれども、彼女の中に埋め込まれた昂《たか》ぶりは、まだ熱を失っていない。

「や……セドリック様……なん、で……」

「まだ……もう少し、繋がっていたいんだ……」

「あ……」

彼はアデルの首筋に顔を埋《うず》め、舌を這《は》わせた。

「やだ……汗、かいて、いるのに……」

しっとりと汗ばんだ肌を舐《な》める彼を引きはがそうと、彼女はその肩に手をかけるものの、力が入らない。

逆に彼が彼女の手を取って指を絡め、その手をシーツに縫い付けた。

「大丈夫。いい匂いだから」

汗がいい匂いなわけがないのに、彼は躊躇《ちゅうちょ》なくアデルの肌を啄《ついば》む。

首筋から鎖骨、そして胸元へ――柔らかな膨らみを強く吸い上げられ、彼女の身体にチリッと微《かす》かな痛みが走った。

「んっ」

身体がビクンと跳ねる。

「ごめんね。痛かった？」

「また……たくさんつけるのですか？」

先日、身体中に花びらを散らされたことを思い出す。

そんな彼女の問いに、セドリックは頷いた。

「うん。いい？」

そして、先ほど吸い上げた場所を今度は舌でなぞる。

ちろちろと優しく慰《なぐさ》めるような舌の動きに、アデルは「はぁっ」と熱い吐息を零《こぼ》した。

穏《おだ》やかな彼の中にも、アデルを強く求める気持ちがあるのだと伝わってくる。セドリックの独占欲が刻まれたみたいで、嬉しい。

「いいですよ。たくさん、つけてください……」

「……っ、アデル」

感情に共鳴して、彼女の中が蠢《うごめ》く。

彼の形を覚え込もうとするかの如《ごと》くピタリと昂《たか》ぶりに吸い付く膣壁に、王子がグッと息を詰めた。

すでに深く繋がっているのに、さらに奥へ引き込もうとするような動きだ――セドリックは我慢できないと言わんばかりに、彼女の身体を抱き起こした。

「欲張りなアデル。もっと奥に欲しいんだね？」

「や、あんっ」

アデルは彼の膝の上に座る体勢になる。彼のものをさっきよりも深いところまで受け入れることになった。

「やだ……こんな、いっぱい……」

「そんなことを言うなんて、いやらしいね。どこまで私を煽《あお》る気なの？」

「あ、煽《あお》ってなんて――んんっ」

グッと下から突き上げられて、彼の首にしがみつく。

今にもはち切れそうな昂《たか》ぶりが最奥を穿《うが》ち、少し苦しい。それでも、彼女の中は嬉々としてそれを受け入れていた。

「ほら、これで奥をたくさん突いてあげられる」

「あっ、はぁん……ん、あ、あッ」

セドリックが片手をベッドについて自分の身体を支えつつ、もう片手で彼女の腰を抱え込む。そのまま腰を動かして最奥を突いた。

あまりに強い刺激で、彼女の口からは意味のない言葉ばかりが零《こぼ》れ落《お》ちる。

さらに彼は、大胆に彼女を揺さぶりながら、律動に合わせて上下する膨らみに吸い付いた。白いまろみに遠慮なくキスマークを残し、赤く色づいた頂《いただき》を舌で執拗《しつよう》に嬲《なぶ》る。

彼に触れられた場所すべてから快感が生まれ、アデルの下腹部へ溜まっていった。

「あぁっ！」

ぱちゅ、ぱちゅ、と蜜が溢れ出る音と肌を打ち付ける音が混じり、引いていたはずの熱が戻ってくる。

しとどに濡れた結合部の肌がくっつくたびに、膨らんだ秘芽が擦《こす》れて気持ち良い。奥の気持ち良い場所は彼のものが深く突いて……

「セド、リック、さまっ、あぁん、あっ」

「アデル」

何度も達した身体は、すでにそこまでの道筋を覚え、急速に絶頂へ向かってしまう。激しく揺さぶられつつもうっすら目を開いて様子を窺《うかが》うと、セドリックはまだ余裕があるように見えた。

「や……セドリック様っ、あっ、あ……一緒に、きてくださ……ッ」

一人で達するばかりでは寂しい。

「ん、アデル……いいよ、一緒に……」

「ひゃあっ、あぁ、あ」

動きが速くなり、アデルは彼に強くしがみつく。

耳元で聞こえる彼の呼吸がだんだんと切羽詰《せっぱつ》まった音になるのが嬉しくて、自分も彼に合わせて腰をくねらせた。

本能的に快楽を求めて動くせいで、絶頂はすぐそこに迫っている。

「あっ、セドリック、さま……あ、あっ、やぁ……もう、あぁっ」

「アデル……大丈夫、私も……」

そして、昂《たか》ぶりの先端が小刻みに最奥を突いた。

「アデル」

「ああっ！　は、あぁ――っ」

掠《かす》れた声で名を呼ばれたのが引き金となり、一気に押し寄せてきた快感。アデルは猫のように身体をしならせた。

彼女が快楽の波に攫《さら》われたその瞬間、セドリックも微《かす》かに呻《うめ》き、最奥で爆《は》ぜる。

彼はアデルの腰を力強く自分のほうへ引き寄せ、白濁を注《そそ》ぎ込んだ。それをすべて呑み込もうと、彼女の中がいやらしくうねる。

「はっ……ん……」

応えるように彼が緩《ゆる》やかに腰を動かし、すべての欲を吐き出した。そして、彼女の後頭部を引き寄せ、唇を重ねる。

お互いに荒い呼吸をしながらも、一瞬でも離れるのが惜しい。そう言わんばかりの貪《むさぼ》るようなキスだ。

セドリックは空《あ》いているほうの手で彼女の臀部《でんぶ》を撫《な》でつつ、彼女の口腔《こうこう》を犯す。ねっとりと舌を擦《こす》り付《つ》け合い、流れ込んでくる唾液を呑み込み、二人はお互いの存在を確かめ合う。

やがて唇が離れると、彼は名残惜《なごりお》しそうにアデルの中からも抜け出した。そのまま彼女の身体をベッドに横たえ、覆《おお》い被《かぶ》さる。

体重をかけないよう腕で身体を支えてはいるが、気だるげに彼女の肩口に顔をくっつけた。

「セドリック様……？」

「アデル……ごめんね。重い？」

「いいえ……温かくて、心地良いです」

ふにゃりと笑った王子が愛《いと》おしくて、アデルも自然と微笑《ほほえ》む。

軽くキスをしたり、しっとりと汗ばんだ肌を撫《な》でたり。行為の余韻に浸《ひた》っていると、だんだん瞼《まぶた》が重くなる。

そんなアデルに気づいた彼が、彼女の身体を清め、新しい夜着を着せてくれた。

二人は、大きなベッドの中央で寄り添って眠る。

「セドリック様……私、アーバリー王国でちゃんとやっていけるでしょうか？」

うとうとしていく中、アデルはぽつりと不安な心境を漏らした。

ラングポート王国ではお転婆娘《てんばむすめ》として敬遠されていた伯爵令嬢だ。国が変わったからと言って、貴族の価値観はそう違わない。

「それは、私と一緒にこれから考えればいいよ……心配しないで。貴女《あなた》を手放す選択肢がない以上、貴女《あなた》が幸せに暮らせるよう努力するのが、私の責任だから」

「……はい」

ああ、やっぱり……セドリックは前向きで、しっかり周りのことを考えている。

ちょっと特殊な性癖があっても、旦那様として、きっと彼女を幸せにしてくれる。

アデルは安心して目を閉じた――

第五章　ドM王子との婚約

——約一ヶ月後。

アデルはアーバリー王国の中心、アーバリー城にいた。

昨夜遅くに到着し、国王夫妻と王子たちへの謁見は、今日行《おこな》われる。

朝早くから侍女たちに手伝ってもらって身支度をしつつ、彼女は鏡の中の自分と睨《にら》み合《あ》っていた。

緊張で引きつった顔はともかく、施《ほどこ》された化粧やドレスは王子の婚約者にふさわしく上品で優雅な仕上がりである。

（セドリック様が選んでくれたって言っていたけど……）

落ち着いたサーモンピンク色のプリンセスラインは、胸元にダイヤのビジューがちりばめられ、スカートはオーガンジーを幾重にも重ねており、シンプルで柔らかなデザイン。後ろには同じオーガンジー素材で作られたリボンが結ばれている。

豪奢《ごうしゃ》でありながらも派手すぎず可愛すぎず、とても洗練された印象のドレスだ。

先日、セドリックが連れてきた王宮御用達《ごようたし》の仕立屋の腕に感動し、アデルは鏡の前でくるりと回った。

筋ニコラス珍事件が解決し、セドリックが帰国して一ヶ月。彼女は引っ越しの準備を、セドリックは国内での仕事と結婚準備を別々に進めていた。

もっとも、ずっと会えないのは（主にセドリックが）寂しいというので、彼は忙しい仕事の合間を縫って何度か彼女に会いにやってきていた。ドレスの採寸は、結婚準備という名目で、そのときに仕立屋が済ませてくれたのだ。

結婚式のドレスもすでに製作が始まっていると聞いている。

（結婚……本当に、大丈夫なのかしら？）

ラングポート王国の貴族がアーバリー王家の一員となるなんて、前例がない。

他国から妃を迎えたことならあるらしいのだが、不安なものは不安だ。

そもそもセドリックの家族と対面するのは今日が初めてである。

この一ヶ月結婚準備を進めていたものの、相手の家族と会わないまま話が進んでしまうなんて前代未聞《ぜんだいみもん》だ。

サリンジャー商会の栄養剤についての後処理や、アーバリー国王夫妻と王子たちの公務スケジュールなどの問題で、挨拶の謁見が今日になったのはアーバリー王国側の都合。

アデルに非はないとはいえ……。

セドリックは、すでに国王夫妻や兄弟に彼女のことを報告しており、了承を得たと言っている。けれど、それがどこまで本当なのか、アデルに知る由《よし》はなかった。

侍女たちが「お綺麗ですわ」と褒《ほ》める中、曖昧《あいまい》に微笑《ほほえ》む。

ここまで来て王に反対され、結婚は取りやめだなんてことになったら、笑えない。

いや、アデルだって伯爵令嬢としての教育は受けたのだ。

淑女の嗜《たしな》みとやらに興味がなくとも、知識くらいはある。今日だけは、淑女という猫を被《かぶ》らなければならない。

(大丈夫よ、アデル。笑顔でおとなしくしていればいいの)

そう自分に言い聞かせながら、そのときを待った。

謁見の間には、セドリックのエスコートで入った。

玉座にはすでにアーバリー国王と王妃がいて、自分たちに近づいてくる二人をじっと見つめている。

国王は軍のトップから退《しりぞ》いたせいか、ややふくよかだが、金髪に褐色《かっしょく》の肌はセドリックと同じ。彼に厳しい顔つきで見られている気がして、アデルは歩き方がぎこちなくなってしまった。

一方の王妃は、柔らかな笑みを浮かべている。

セドリックの緑色の瞳は彼女譲りらしい。白髪《しらが》交じりの茶髪を一つにまとめた彼女は、薄紫の上品なドレスを纏《まと》っていた。

その横に並ぶ二人の青年はセドリックの兄弟だろう。二人とも金髪だが、兄は穏《おだ》やかな表情、弟は軍人らしく無表情と個性が見られた。

「父上、母上。こちらがラングポート王国プランケット伯爵家のアデル嬢です。先日お話しした通り、私の妻に迎えたいと思っております」

「あの、初めまして。アデル・プランケットです」

セドリックに紹介され、アデルはドレスのスカートを摘まんでお辞儀する。

「顔を上げなさい、アデル。セドリックから話は聞いている。ようやく会えて嬉しい」

「もったいないお言葉です。私のほうこそ、お会いできて光栄です。ご挨拶が遅くなったこと、お許しください」

国王の口調は表情に反して穏《おだ》やかで、アデルはホッと息を吐く。少しだけ肩の力が抜けた気がした。

「会うのが遅くなったのは、こちらの都合なのだから気にしなくていいのよ」

王妃も夫に同調し、優しく笑いかけてくれる。

「私はセドリックの兄、エリオット。よろしくね、アデル」

「俺は弟のウィルフレッドだ」

「よろしくお願いします。エリオット様、ウィルフレッド様」

王妃の隣に立っている兄弟も名乗り、アデルはそれぞれにお辞儀をして応えた。

「それにしても、こんなに可愛らしい方がセドリックを襲った暴漢たちを蹴散らしたのか……素晴らしいな」

「そうですね。アーバリー王国軍総司令官の妻にもふさわしい」

エリオットとウィルフレッドが興味深そうに彼女を観察する。

母親似の第一王子は、物腰柔らかでセドリックとも似ている。

一方、第三王子は父親似なのか表情の変化に乏《とぼ》しいが、怖いわけではなさそうだ。彼はなんとなく軍事用セドリックに近い気がした。

セドリックの性格形成には、この兄と弟に挟まれて育ったことが関係しているのだろうか……

「アデル。セドリックはそなたをアーバリー王国に迎え入れたいと考えているようだ。そなたのことはクリストフからも報告を受けているので、私たちに異論はないが、そなたの気持ちを聞かせてくれ」

国王はセドリックとクリストフから話を聞いているという。おそらく、その他にもアデルの評判や行状などの調査をさせているに違いない。

「はい。私も、セドリック様と結婚したいと思っています」

「異国に、それも王家に嫁《とつ》ぐということは、並大抵のことではないわ。つらいことがたくさんあるでしょう。慣れない土地での生活に加え、貴女《あなた》のことを悪く言う者がいるかもしれません。それでも嫁《とつ》ぐ覚悟はできている？」

王妃がアデルに向かって心配そうな顔をする。

「……はい。大丈夫です。問題が起きたときは、セドリック様が一緒に解決方法を考えてくださいますから」

「はあっ！」

「へ？」

アデルが笑顔で答えると、隣にいたセドリックが急に大きな声を出す。彼女は驚いて目を丸くした。

見ると、王子が左胸に手を当ててよろよろと後ずさっている。

「え、ちょっと、セドリック様？　大丈夫ですか？」

「アデルが、デレてくれた！」

顔を上げた彼が涙目で頬を染めているのを見て、アデルは口をへの字に曲げた。

「なるほど。アデレルだね」

「アデルがデレるからアデレル……ふっ」

エリオットが感心したように呟《つぶや》いて顎《あご》に手を当て頷く。

その横ではウィルフレッドが丁寧な解説を付け加えた上、俯《うつむ》いて肩を震わせていた。ツボに入ってしまったらしい。

「なっ、変な名前をつけないでください！」

ダサリンジャーだの筋ニコラスだのと言っていた自分を棚に上げ、彼女は思わず兄弟たちをなじった。

「セドリック様も一体なんなんですか！　またそんな気持ち悪いリアクションをして……今は大事な――」

王子に指を突きつけつつ、そこまで言ったところで彼女はハッとする。

今はアーバリー国王夫妻との謁見中。しかも、結婚の許しをもらわなければならない場である。

それなのに、セドリックに「気持ち悪い」と言ったり、彼の兄弟を睨《にら》んだり、かなり失礼な態度を取ってしまうなんて。

今日は猫を被《かぶ》ると決意していたはずなのに……！

彼女はぎこちなく国王夫妻のほうへ顔を向けた。

王妃は口元を扇子《せんす》で隠し、眉根を寄せて肩を震わせている。その様子に、血の気がサーッと引いていく。

「アデルったら、嫌だわ。気持ち悪いなんて……」

「あっ、申し訳――」

「その通りよ！　ぷっ、あははは！」

「ふぇ……？」

しかし、予想に反して王妃が豪快に笑い出したので、アデルは口を開けたまま呆然と立ち尽くした。

「ふむ。なかなか気の強い娘だ。気に入ったぞ」

国王も肩を震わせて笑いを堪えているようだ。

「私はアデルのネーミングセンスが好きだよ」

エリオットはそう言うと、涙目になって目尻を拭《ぬぐ》いつつ、はぁーっと呼吸を整えた。

「ダサリンジャーの筋ニコラスのことか？　俺は兄上に『気持ち悪い』と面と向かって

言う度胸が気に入った」

一方のウィルフレッドはクックッと控えめに笑う。

「ええ……？」

普通は憤慨《ふんがい》するところだと思うが、なぜか彼らは全員笑っている。それも、蔑《さげす》んだり呆れたりする笑いではなく、心の底からおかしくて仕方がないというように。

困惑した彼女は彼らを交互に見た後、助けを求めてセドリックに視線を向けた。

「皆、アデルを気に入ったみたいだね」

「気に入った？　あの、セドリック様のご家族は、皆どえ——変わっていらっしゃるのですか？」

「あっははは！　ドMですって！　セドリック！」

またも大ウケしたらしい王妃が、ひーひー言いながらお腹を抱えた。

「王妃様……」

「アデル、貴女《あなた》とは仲良くやっていけそうだわ。そうなの。セドリックはドMであり、ドSでもある王子なの。変でしょ！　ちなみに、エリオットはMで、ウィルフレッドはSよ。セドリックが一番バランス良く育ったわ」

「は、はぁ……」

バランス良く、の意味が理解できない。

片方に寄らずに育ったということなのだろうか。

はたしてそれがいいことなのかは疑問だが……

「そう。私はどちらにも対応できる！　アデル、貴女《あなた》は幸運な女性だ」

「はぁ……」

セドリックが両手を広げて天を仰《あお》ぎながらくるくるとその場で回った。アデルの口からは、すでに「はぁ」という音しか出てこなくなっている。

「ああっ、その蔑《さげす》みの目！　いいよ……私の心を熱くさせる、刺激的な視線だ」

彼はアデルに呆れられたことで興奮し、鼻息を荒くする。それを冷ややかな目で見つめるアデルと息子を眺《なが》め、国王がコホンと咳払いをした。

「いい夫婦になれそうだな」

「本当ねぇ……うふふ」

さすが両親だけあって、セドリックの言動には慣れているようだ。それにしても、アデルの態度を咎《とが》めなくていいのだろうか。

「そなたのことはすべて調べさせた。特に問題はない。その上、噂《うわさ》通りの〝お転婆娘《てんばむすめ》〟のようだ。非常に良いことだ」

国王はそう言って側近を手招きし、耳打ちする。それからすぐに彼女に向き直り、言葉を続けた。

「アデル。そなたのご両親を早急にアーバリー王国へ招待しよう。皆で過ごし、親睦《しんぼく》を深めたい」

「貴女《あなた》にはできるだけ早くアーバリー城へ移り住んでもらいたいわ。アーバリー王国の生活に慣れるためにもね。日取りはプランケット家の都合が良いときで構わないから、決まったら知らせてちょうだい。こちらからも遣いを出すわ」

「はい！　ありがとうございます」

国王夫妻からそれぞれ今後の話をされ、アデルは顔を輝かせる。

何はともあれ、彼女はセドリックの婚約者として受け入れられたのだ。

それからほんの少し他愛のない話をし、謁見は無事に終わった。

国王夫妻は次の公務に向かい、エリオットとウィルフレッドもそれぞれの仕事へ向かう。

アデルもセドリックとともに、彼女に宛《あ》てがわれている客室へ戻った。

「お許しをもらえて良かったです」

緊張からようやく解放された彼女はソファに座り、身体の力を抜いて背もたれに寄り掛かる。

「反対されるわけがないよ。父上は自分でプランケット家のことを調べて問題ないと判断していたし、子供たちの結婚に口出ししない方だ。兄上も恋愛結婚だったけれど、話はスムーズに進んだよ」

「そうなんですか」

王族の結婚なんて自由がないのが当たり前と思っていたので、意外だ。

アーバリー王国は軍事国家で規律が厳しい印象があるため、なおさらそのように感じるのかもしれない。

「そう。アデルのことだって、クリストフにどんな令嬢か聞いて知っていたんだ。実際に会うまでは最終的な判断は下せないけれど、ほとんど決まっていた。そうでなければ、私は貴女《あなた》との結婚準備を進められなかった」

「それはそうですけど……でも私、セドリック様のことを『気持ち悪い』なんて言ってしまったのに」

息子を悪く言われて怒らなかったのは、腑《ふ》に落ちない。

「それだよ、アデル！　私はあれが決め手だったと思うよ」

「決め手……？」

「父上は誰かの言うことを聞いているだけの人間は嫌いなんだ。アデルのように、権力に屈したり媚《こ》びたりせず、自分の意思で行動できる者を信頼している。これは、父上が部下を選ぶときに最も重要視するところだ。それは嫁についても同じだよ。私たち息子の結婚に口出ししないとは言っても、そこは譲れないと思う」

セドリックはそう言うと、「母上を見たでしょう?」と続けてクスクス笑った。

彼曰《いわ》く、自由奔放《ほんぽう》で豪快な性格の彼の母を見初《みそ》めたのは、アーバリー国王だけだったとか。

「アデルも知っている通り、貴族には権力に弱い者も多い。王子と結婚したいという令嬢は、私たちの機嫌を損ねないように『はい』しか言わないんだ。それでは、夫婦と言えないよ」

少なくとも、母親が父親に意見できる環境で育ったセドリックにとっては……

「だから、私は理想の妻には自分を叱《しか》ってくれる人を思い浮かべていた。貴女《あなた》に出会ったのは、まさに運命だったと思うよ。思い出すと、今でも身体が熱くなる。『自分の身くらい自分で守れるようにしなさい』って言われたんだよね」

「もう! ふざけないでください!」

アデルの真似《まね》をしているのか、セドリックが裏声を出すものだから、彼女は背もたれにあったクッションを投げつけた。

「ふふ、ごめんね。でも、貴女《あなた》が私の理想ぴったりだったのは本当。それに、さっきは茶化してしまったけれど、貴女《あなた》が『一緒に解決方法を考える』と言ってくれたことが嬉しかった」

「それは、セドリック様がおっしゃったことです」

以前、プランケット家で朝食をともにしたとき、セドリックはプランケット家の跡継ぎ問題について真剣に考えてくれた。

母の悩みを一蹴《いっしゅう》し、前向きな姿勢を教えてくれたのだ。

いつだって何かしらの解決策はある、それを一緒に考えられるかどうかだ、と。

「うん。それを覚えていてくれたことが嬉しい」

そう微笑《ほほえ》んで、彼が隣に腰を下ろす。

「私の妻となったら、大変な思いをすることもあるだろう。でも、私はいつでも貴女《あなた》の味方だよ。つらいときは、ちゃんと言ってほしい。そして、一緒に解決していこう」

「言いますすよ。我慢ができる性格ではないですから」

アデルがそう言うと、セドリックは満足そうに微笑《ほほえ》み、胸ポケットから小さな箱を取り出した。

それを開けて彼女に見せる。

「では、今日はこれを受け取ってもらえるかな？」

それは、彼がプランケット家を初めて訪ねてきたときに渡された指輪だ。

「……はい」

アデルが頷くと、左手をとって薬指に指輪を嵌《は》めてくれた。

その大きなダイヤモンドの輝きに、彼女は目を細める。

「アデル。愛しているよ」

その言葉に顔を上げると、セドリックの唇がアデルのそれに重なった――

番外編

ドM王子の兄弟

アデルがアーバリー城へ移り住んで数ヶ月。

新しい生活にもだいぶ慣れ、彼女は二週間後に控えた結婚式に向けて、最終準備を進めていた。

ここ数ヶ月、アーバリー王国のしきたりを頭に叩き込み、結婚式の打ち合わせやダンスの練習にも励んでいる。

(やっぱり、王族の結婚式は準備が大変なのね)

何着ものドレスを仕立てるために、定期的に仕立屋がやってきて細かな直しを確認していったりもした。

式自体はほとんど使用人たちが準備するとはいえ、招待客の顔と名前を覚えるのは彼女の仕事だ。これに一番苦労している。

結婚式が二週間後に迫っている今も覚えきれていない彼らの資料を持ち歩き、時間があれば読み込んでいるほどだ。

午前と午後の授業の合間に昼食をとり、天気のいい日は中庭で資料とにらめっこするのが、最近の彼女の日課である。

城の部屋に籠《こ》もりっぱなしでは気が滅入《めい》ってしまう。

今日も中庭での勉強を終え、自室へ戻ろうと廊下を歩いていたところ、とある部屋の前で侍女が五人も待機していた。

「何をしているの？」

思わず声をかけると、侍女の一人が丁寧に頭を下げ説明してくれる。

「セドリック様のご指示で使用頻度の少ない客室の模様替えをしております」

「そうなの？　でも、力仕事は貴女《あなた》たちの仕事ではないでしょう？」

「はい。内装はセドリック様の部下である軍部の方にお任せしました。私たちはセドリック様とアデル様の記念品を運んできたのです」

「記念品……？」

その不穏なワードに、アデルは眉を顰《ひそ》める。

侍女の手元に視線を落とすと、なんだか見覚えのある布――花柄のハンカチが目に入った。

「あの、それ……」

「はい。アデル様が初めてセドリック様に差し出されたハンカチでございます」

侍女が微笑《ほほえ》んでハンカチを掲《かか》げる。

そう、彼女が持っているハンカチは、セドリックがプランケット家を訪ねてきたときに、アデルが彼に渡したものだ。

綺麗に洗濯されているが、間違いない。あのとき、「気持ち悪い」という彼女の言葉に興奮し、鼻血を出したセドリックが使ったもの。

返してもらうのをすっかり忘れていた。否、返してもらうつもりなどなかった。

「それが、記念品なの？」

なんだか悪寒《おかん》がする。

アデルはぶるっと身震いしてから、おそるおそる他の四人の手元を見た。

フォーク、絹の夜着、枕にリンゴ……

侍女たちはそれぞれ〝記念品〟とやらを両手で大事そうに持ち、部屋の前で待機している。おそらく模様替えが終わるのを待っているのだろう。

「ええと、念のために聞くわ。その夜着は……いつのものなの？」

「アデル様と両想いになった記念でございますね。ラングポート王国のご宿泊先で閨《ねや》をともにされたときに使用したものです」

「――っ！」

侍女が頬を染めつつ説明するのを聞き、アデルは絶句した。

これは一体どういう罰なのだ！

初めての共同作業記念のフォークと、アデルがセドリックに投げつけた枕があったので、まさかとは思ったが、そんなものまで記念品にするだなんて！

しかも、初デート（？）で食べたリンゴまで飾るつもりだ。

「洗濯は済んでおります。セドリック様はご不満そうでしたが、保存するのであれば、やはり衛生的に……」

「同じくリンゴも衛生的な問題で毎日新しいものをご用意いたします。ラングポート王国の港町で見つけた特別な品種だとか……先日、果物屋の商人と定期便のご契約もされました」

開いた口が塞《ふさ》がらないというのは、まさにこのことだ。

衛生的な問題ではないし、品種などどうでもいい。

アデルが呆然としているうちに部屋の改装が終わったらしく、侍女たちが呼ばれる。

「それでは、失礼いたします」

「ちょっと待って！　私も中を見てもいいかしら？」

「はい、もちろんです」

彼女は侍女たちに続いて部屋へ足を踏み入れる。

新しいガラス棚が三つも並び、さらに裸のマネキンが入ったガラスケースがいくつも……

侍女たちは棚にフォークとハンカチを並べ、夜着をマネキンに着せている。よく見ると、ガラスケースにはラベルがついており、記念日の日付と『セドリック様、アデル様、両想い記念』と丁寧な説明が書かれていた。枕はマネキンの入っていないガラスケースに入れられる。

さらに追い打ちをかけるように、リンゴは黄金の皿に飾られ、アデルとセドリックの肖像画の前に供《そな》えられた。

あの肖像画は先日、結婚記念に描いてもらったツーショットだ。まさか、こんな用途だったとは思わなかったが……

（え、なんなの。これ……）

アデルはふらふらと中央のソファに手をついて項垂《うなだ》れる。

「あれ？　アデルも来ていたの？」

「へぇ、ここがセドリックの記念室なのか」

「セドリック様、エリオット様」

そこへやってきたのはセドリックと彼の兄エリオットだ。

「なるほど。なかなかいいディスプレイだね。記念品の数はまだまだだけれど」

エリオットは顎《あご》に手を当てて、興味深そうに部屋を見回しつつ、アデルのもとへやってくる。

まったく驚いていないどころか、感心した様子を見ると、アーバリー王国にはこのような慣習があるのだろうか。

「あの、アーバリー王国の夫婦は、よくこういう部屋を作るのですか？」

そんなしきたりがあるなんて聞いたことはない。

彼女が問うと、セドリックが首を横に振る。

「決まっているわけではないよ」

「そうだね、しきたりではないかな。でも、二人の思い出を残すのは大事なことだと思わない？　私も部屋を一つ作って、そこにエルザとの記念品を飾っているんだ。今度見に来るかい？」

セドリックに続き、エリオットも習慣ではないと否定した。しかし、記念品を飾ることについては肯定的なようだ。

ちなみに、エルザとはエリオットの妻である。

今は第二子を出産したばかりで安静が必要であるため、なかなか部屋から出てこないのだが、アデルが城に移り住むときに挨拶をしたので、面識はある。

おっとりした美人のエルザを思い浮かべ、アデルは彼女に同情した。

「ふむ。夜着のみの保存だなんて、セドリックは甘いな。私は初夜のシーツや枕も保存している」

したり顔で胸を張るエリオットに、引きつった笑みを浮かべることしかできない。

初夜が大切な思い出なのは理解できる。しかし、使用した衣類をすべて保存し、説明文まで添《そ》えて展示するなんて、正気の沙汰ではない。

これが後世に語り継がれるのは、まっぴらご免だ。こんなふうに見世物にされることも。

「ラングポート王国の宿の品をあまりたくさん持ち帰るなとクリストフに怒られてね……残念だけれど、私が用意した夜着と、枕だけは譲ってもらったんだ」

セドリックは不満げに眉間に皺《しわ》を寄せたが、アデルはクリストフが常識を持っていることに胸を撫《な》でおろす。後でお礼を言おう。

「それで、エルザ様はこの記念品収集について、なんとおっしゃっているのですか？」

エルザがこの行為を許しているとは思えないが、面と向かって文句を言えるとも考えられない。そうアデルが問うと、エリオットは不思議そうに首を傾《かし》げた。

なぜそんな決まりきったことを聞くのかとでも言いたげだ。

「エルザには勝手にしろって言われたよ」

「それって、呆れていらっしゃるんですよね……」

その気持ちはよくわかる。

けれど、アデルが頷くと、エリオットが目を丸くした。

「呆れる？　エルザはそんな薄情じゃないよ。ふふ……部屋を作った日は怒られ罵《のの》しられ、焦《じ》らされたけれど……あのお仕置きはすごく良かった……」

「エルザ様が……お仕置き……？」

エリオットが恍惚《こうこつ》の表情になり、両手を握《にぎ》って天井を仰《あお》ぐ。気持ち悪いくらいにやにやしている彼を見て、アデルの背に再び悪寒《おかん》が走った。

エルザが怒ってエリオットを罵《のの》しる姿なんて想像もできない。だが、彼の表情には妙な説得力があって、嘘をついているようには見えなかった。

セドリックがアデルに怒られるときの表情と同じだからだ。

「アデル。貴女《あなた》は何か勘違いしているみたいだけれど、エルザは兄上を手のひらで転がせる素質を持つ唯一の人物なんだ」

「そうだよ。エルザは私のご主人様だからね」

セドリックに続きエリオットも爆弾発言をし、アデルはひゅっと息を吸った。

（エルザ様がご主人様……）

エリオットとセドリックが似ている――王妃の言う通りドM王子だとして、夫婦円満の秘訣はなんだ？

アデルはエルザの外見や雰囲気から、変態的行動を受け入れることのできる海よりも広い心を持つ女性なのだと勝手に思っていた。

だが、どうやら二人がうまくいっている理由は違うらしい。

エリオットがMだということは王妃の証言もあるし、彼の言動からも察することができるけれど、これは想像以上だ。さらにエルザが彼を満足させる手腕の持ち主であることは、完全に予想外だった。

「エルザは、私が彼女との思い出を大切にしているのを『可愛い』と言って喜んでくれるんだ。初めて使った鞭《むち》や縄も保存している。そのたびにエルザはベッドの上で……私をしょうがないドM王子だと罵《ののし》っていじめてくれるのさ。それに――」

「あの、もう、いいです。そういうことは、お二人の秘密にしたほうが……」

「はっ！　そうだった……こうしてエルザの自慢をしてはいけないと約束したのに……また怒られてしまうな」

普通なら反省するところのはずが、エリオットはなぜかそわそわして部屋を見回す。侍女はすでに飾り付けを終えて出ていっており、ここにはアデルとセドリックと三人だけ。

「ア、アデル……その……このことは、秘密に……エルザには、絶対に言わないでほしい」

「秘密……」

両手の人差し指を突き合わせながら、もじもじと頼むエリオットに、彼女は顔を顰《しか》めた。どうしてだろう。

アデルの脳内で、秘密という言葉の意味が「それとなく伝えてほしい」に変換される。チラリとセドリックを見ると、その視線に気づいた彼は肩を竦《すく》めた。まるで、彼女の思っている通りだとでも言うような仕草だ。

「絶対に秘密にしてね。またお仕置き……され……から」

やはり、エリオットが口ごもった部分が「お仕置きされたい」と聞こえる。

アデルは不調を訴える頭を抱え、唸《うな》った。

「エルザに会う機会があればの話だよ、アデル」

「はぁ……」

悩み始めてしまった彼女への助け舟のつもりなのか、セドリックがそう言う。アデルはそれに曖昧《あいまい》に返事をした。

すると、エリオットが勢い良く首を縦に何度も振り、満面の笑みを浮かべる。

「いつでも会いに来てよ！　エルザはまだ安静が必要で、部屋で退屈しているんだ。アデルが見舞いに来てくれたら、喜ぶに違いないよ」

あまりの勢いにアデルは頬を引きつらせつつ、頷く。

「わ、わかりました」

「はぁ……楽しみだな。あ、私はそろそろ午後の公務の準備に行かないと。それじゃあ、アデル。待っているよ」

嬉々として手を振って、エリオットは執務室へ向かっていった。

アデルは脱力してソファに腰を下ろす。

「大丈夫？　アデル」

「いいえ……」

セドリックが心配そうに彼女の隣に座り、肩を抱いた。

「驚いた？」

「当たり前です。エリオット様があんなに変態だとは、思いませんでした。それに、エルザ様のことも……」

王妃は確かにエリオットがMだと言っていたし、本人も否定はしなかった。しかし、まさかセドリック以上の性癖の持ち主とは思わなかったのだ。

せいぜい、彼と同じ程度だと考えていた。

「兄上とエルザは仲良くやっているから心配はないよ」

「そういうことではないです」

彼らが仲良くやっているらしいことは十分に理解した。

「セドリック様はまだマシなんですね」

「ん？　まぁ、私はベッドの上では主導権を握《にぎ》りたいほうだからね」

そういう意味で言ったのではないのだが……鞭《むち》で打ってほしいとか、縛《しば》ってほしいとか言い出されたら困る。

アデルは曖昧《あいまい》に頷いて力なく笑った。

「私もそろそろ訓練に行かないといけないんだ。アデルも午後の授業があるでしょう？」

「そうですね。行きましょう」

ひとまず、セドリックが〝バランス良く〟育ってくれたことに感謝し、気を取り直す。

二人は廊下で別れ、それぞれ訓練と授業へ向かった。

(ん……? あれ?)

アデルがセドリックに文句を言い忘れたと気がついたのは、自室の扉の前だ。

なんだかはぐらかされた気がする。

恥ずかしい記念品を勝手に収集・展示されたことについて、文句の一つも言わなければ気が済まない。

(午後の授業が終わったら、セドリック様を探しに行かなきゃ)

アデルはそう考えながら、授業の準備をするのだった。

数時間後。

午後の授業を終えたアデルは、城の敷地内にある軍の訓練の場である闘技場へ向かっていた。

目的は、もちろんセドリック。彼に彼女との「記念室」について、問い詰めなければならないからだ。

本当は先ほど彼に会ったときに言うべきだったのだが、エリオットの暴露のせいですっかり頭から抜けてしまっていた。

気づいたときにはすでに遅く、さすがに授業をサボるわけにはいかない。再びむくむくと湧いてきた怒りをなんとか鎮《しず》めつつ授業を受けたものの、集中力は散漫で家庭教師に何度か注意されてしまった。

（それもこれも、セドリック様が変なことをするからだわ）

アデルは一歩踏み出すごとに荒く鼻息を吐き、闘技場へ進む。

ようやく目的地に着いて中へ入るが、そこではまだ訓練が行《おこな》われていた。

彼らの邪魔はできないため、闘技場の出入り口から僅《わず》かに顔を出し、中の様子を窺《うかが》う。

軍人たちが大きな掛け声とともに木刀で素振りをしていた。

すでに走り込みや筋力トレーニングなど、いろいろな種目を終えたのだろう。皆、汗だくでつらそうに顔を歪めている。

「おい、そこ！　遅れている！」

「はいっ！」

そこに、一際厳しい声が響き、注意された軍人が背筋を伸ばした。

彼を咎《とが》めたのは、ウィルフレッド――セドリックの弟だ。彼は並んでいる軍人たちの間を歩きながら、部下を注意深く観察している。

少しでも掛け声とズレたり姿勢が悪かったりすると、容赦《ようしゃ》なく檄《げき》を飛ばした。

「もっと素早く動けないのか！　そんな動きでは戦場で真っ先に死ぬぞ！」

「はいっ！」

　ウィルフレッドの指導はかなり厳しい。

　アデルには、一糸乱れぬ動きで木刀を振り下ろしているように見えるのに。

　彼女は彼の部下たちを気の毒に思うが、この訓練の出来不出来が生死を分けることになるのを考えると、指導が厳しくなるのは仕方のないことだ。

「よし、次！　射的の準備をしろ！」

「はいっ！」

　ようやく素振りが終わったと思ったら、間髪容《かんはつい》れずに次の訓練に移る。

　軍人たちは木刀を片付け、的と矢を用意し、整列した。

「百発だ！　一発でも外したら最初からやり直し！」

「はいっ！」

　揃った返事とともに軍人たちが矢を放ち始める。端の的では、ウィルフレッドも弓を引いていた。

（すごい……！）

　かなりの速さで、しかも正確に的中させている。

彼の部下たちも次々に的を射るが、それでも一人、二人と外してしまう者が出てきた。

腕にかかる負担は相当なものだろうし、的を狙う集中力も必要だ。

すでに疲れている身体でそれをやらなければならないのだから、アデルには想像もできないほど過酷に違いない。

「情けないぞ！　もっと集中しろ！　百発当てるまで終わらんぞ！」

一発も外すことなく、すでに百発的中させたウィルフレッドの怒号が響く。

泣きそうになりながら一からやり直している軍人が大半の中、少しずつ訓練から離脱していく者が出る。的に刺さった矢を抜き、再び射る……それを繰り返し、百発当たった者から訓練を終えていいらしい。

「ウィルフレッドのやつ、またやっているな」

「……っ、セドリック様！」

背後でいきなり声がして、アデルは驚いて飛び上がった。セドリックだ。

気配をまったく感じさせずに近づいてくるのは、さすが軍人といったところか。

「どこへ行っていたのですか？」

「俺たちの部隊は最後のランニングだった。城の敷地を一周するのがいつものメニューだ」

「そうなんですか」

セドリックの部下たちは、闘技場に置いてある荷物を取ると「お疲れさまでした」と言って兵舎へ戻っていく。

彼らはウィルフレッドの指揮下で訓練を受ける同僚に哀れみの視線を向けていた。

やがて、だんだん残っている軍人が少なくなってくるが、相変わらずウィルフレッドの声が闘技場に響く。アデルは今しがた矢を外してしまった軍人を見て、思わず「あぁ……」と落胆の声を上げた。

「アデル。貴女《あなた》はここで何をしている？　そんなに熱心に男を見つめるのは感心しないが？」

「あっ」

くいっと顎《あご》を持ち上げられて、強引に視線をセドリックに戻される。彼の緑色の瞳には、はっきりと嫉妬《しっと》の色が浮かんでいて、彼女は身震いした。

訓練を終えたばかりのセドリックは、部下の前ということもあってか、完全に軍事用だ。

「熱い視線なんて……私は、セドリック様を探しに来ただけです」

「ほう？　俺を探しに来たくせに、ウィルフレッドに夢中なのか」

「違――んんっ!?」

言い返そうとした瞬間、唇が塞《ふさ》がれる。強引に唇を割って入ってきた舌に、我が物顔で口内を探《さぐ》られた。

歯列をなぞり、上顎《うわあご》をくすぐられると、背筋に甘い痺《しび》れが走る。その上、闘技場の壁に押し付けられていて、身動きが取れない。

「やっ、セドリック様！　何するんですか！」

「不満か？　俺とのキスは」

厚い胸板を思いきり叩いて唇を離してもらったが、壁際に囲われたままで逃げられない。

「そういうことではなくて、こんなところで、皆が見ているのに……！」

言い争う二人の横を、いたたまれなさそうに通り過ぎていく軍人たち。アデルは顔を真っ赤にして抗議した。

「アデルの言う通りだな。兄上、風紀を乱すのはやめろ」

「ウィルフレッド様！」

いつの間にかウィルフレッドが二人のもとへやってきて、セドリックを咎《とが》める。

「風紀？　ウィルフレッドこそ、やりすぎだろう」

セドリックが顎《あご》で示した先では、まだ数名が矢を放ち続けていた。

「やりすぎ？　これくらい普通だ。ついてこられないやつは、死ぬ。死にたくなかったら、やるしかない」

「単にいじめたいだけだろ」

口角を上げて挑戦的な表情をするウィルフレッドと、やや呆れた様子で呟《つぶや》くセドリック。

第三王子は、どうやら軍事用セドリックよりも厳しいらしい。

セドリックが戦闘モードになると、普段の彼とは正反対の冷徹な雰囲気を纏《まと》うことを、アデルは身をもって知っている。

彼女の前でもあんなに変わるくらいなのだから、厳しい軍の中ではもっとSの部分が刺激されるに違いない。

そのセドリックが呆れるほど……ということは、ウィルフレッドのS度合いは非常に高いことになる。

アデルはまさかと思いセドリックに視線をやった。

すると、彼は肩を竦《すく》める。

その仕草に、アデルは額《ひたい》に手を当てた。

「訓練場でのお前は、実戦のときよりも遥かに活き活きしている。部下をいたぶるのが楽しいんだろう」

「やり甲斐《がい》はある。実戦では、敵がすぐに死んでしまうせいでつまらない。大抵は一発で仕留めるからな。拷問《ごうもん》なら思う存分痛めつけられるが……まぁ、最終的に死ぬのは変わらない。その点、味方を扱《しご》くための訓練ではデッドエンドがない。苦悶《くもん》の表情を浮かべるやつらを存分に見られるのは、実戦よりも楽しいだろう?」

クククッと悪人のように笑い、ウィルフレッドは弓を引く部下を見て目を細めた。

「見ろ。あいつ、泣いているぞ」

最後の一人になって、とうとう泣き出したらしい軍人は、汗と涙で顔がぐちゃぐちゃだ。

「趣味が悪いな。エリオット兄上にも控えるよう言われているだろう」

「兄上たちに言われたくないね。皆の前でへらへらし、女にデレデレし、記念品だと言って初めての品を集める変態には」

「おい、ウィルフレッド」

弟の失礼な発言を受け、セドリックが顔を顰《しか》める。しかし、ウィルフレッドはまったく気にする様子がなく、フンと鼻を鳴らした。

「俺は誰かに跪《ひざまず》くなんざご免だな。膝をつかせるほうが性に合う。男も女も……俺に服従するやつは賢明だ。もっとも、俺に意見する人間が嫌いなわけではない。むしろ好ましいよ。それを捻《ね》じ伏《ふ》せたときの快感がたまらない」

そう言いながら、意味深な目線をアデルに向ける。

彼女は、ぞわっと鳥肌が立った自分の身体を両手で抱き締めた。同時に、セドリックが前へ出て、ウィルフレッドから彼女を守るように立つ。

「まぁ、アデルは兄上の婚約者だからな。強気な性格は気に入っているが、手を出すなんて真似《まね》はしない。今日は……そうだな、あいつなんかちょうどいいんじゃないか」

クスッと笑った彼の視線の先には、ようやく百発命中させた軍人が地面に四《よ》つん這《ば》いになっている。

「見ろ。俺に尻を突き出している」

「おい、だから控えるようにと……おい！　ウィルフレッド！」

セドリックの言葉を無視して、ウィルフレッドは軍人のもとへ歩いていってしまった。

地面に蹲《うずくま》る彼の肩を叩き、何やら声をかけている。

「セ、セドリック様……まさか……」

どこからどう見ても、ウィルフレッドはドSである。他人が苦しむ様《さま》が見たいなどと、のたまったのだ。

だが、あんなにも苦しそうな部下にさらに訓練を課すつもりなら、止めるべきだろう。

さすがに倒れてしまう。

「ああ、そのまさかだ」

「ええっ⁉」

あの軍人がこれ以上、訓練と称したドS攻撃に耐えられるとは思えない。

アデルはセドリックの腕を引き、彼を止めようと一歩踏み出した。

「さすがにまずいですよ。早く止めないと……」

「まぁ、心配するな。ウィルフレッドはどちらもイケる性質《たち》なんだ」

セドリックが諦めたように肩を落とし、首を横に振る。

「跡継ぎの心配をしているなら、無用だ。ウィルフレッドも自分の立場はわかっているし、さすがに結婚は女とするだろ」

「……は？」

なんだか噛み合わない会話に、彼女はぽかんと口を開けた。

彼は一体なんの話をしているのだろう。

どちらもイケるとか、結婚は女とするとか、後継ぎの心配はいらないとか……

「えっ、まさか……」

そういうことなのだろうか。

「どうした？」

「え、あの、じゃあ、彼は……」

「今日の犠牲者だな」

「それって、かなり問題なんじゃ……」

アデルが青ざめているのを見て、セドリックは彼女の頭をポンと優しく叩く。

「いや、軍は男所帯だからな。意外とよくあることだ。まぁ、ウィルフレッドに注意はしているが……今まで問題が起こったことはない。いや、誰もが揃ってあいつに骨抜きになるという問題はあるが」

それを聞き、アデルは再び頰を引きつらせた。

今日は顔の筋肉がおかしくなるくらい驚きの連続だ。

まさか、セドリックの兄弟が彼女の想像の遥か斜め上をいく変態たちだなんて……

これから、この城でうまくやっていけるのだろうか。一気に不安になる。

「それより、アデル。俺に用があったんだろう？」

「え？　ああ……その、さっきの部屋のことで……」

「記念品の展示か」

そう、彼女は文句を言いに来たはずだった。

しかし、首を横に振って「もういいんです」と答える。

そうだ。〝初めて記念〟を飾られるくらい、どうってことはない。

怒られて鼻血を出すのがなんだ。

嫉妬《しっと》でSッ気が出るのだって、許容範囲。

（そうよ。普通よ）

セドリックはバランスの良い王子である。何も不満はない。

比べる対象がいるというのは幸か不幸か……

アデルの感覚が一般的なそれからはズレ始めたことに、気づく者はこの城にはいないだろう。

「私、結婚相手がセドリック様で良かったです。心からそう思います」

「……？　そうか」

彼女が微笑《ほほえ》むと、セドリックは不思議そうにそれを見つめた。

「ほら、もう行きましょう。お腹が空《す》きました」

「ああ、そうだな。俺も腹が減った」

「はい……って、え？　ちょっと――」

アデルがセドリックの腕を引いて闘技場を出ようとしたところ、彼がそれを引き留めた。逆に腕を引かれて近くの部屋へ連れ込まれる。

そこは、軍人たちが使う更衣室のようだ。

閉まった扉に押し付けられ、乱暴に唇を奪われた。

「んっ！　ふぁ……っ、んん……」

アデルは身を捩《よじ》ったが、セドリックはビクともしない。膝を彼女の両足の間に入れ込み、両頬を大きな手で包み込む。

最初こそ彼の胸を叩いたり腕を掴《つか》んだりして抵抗していたものの、口付けが深くなっていくにつれ彼女の身体から力が抜けていった。自ら舌を絡ませ、夢中で彼の温《ぬく》もりを感じる。

闘技場の更衣室という、本来ならば厳しく律されるべき場所でのキスは、なぜかいつもよりも気持ち良い。

背徳感とも呼べる快感が全身を巡った。

男所帯独特の匂いが充満する部屋に、ぴちゃぴちゃと淫《みだ》らな音が響く。

ざらついた舌に口内を弄《いじ》られ、気持ち良くて足に力が入らない。

いつの間にかセドリックにしがみついていた腕からも力が抜けて、アデルは身体を支えていられなくなる。

かる。

「音《ね》を上げるのは早いぞ」

クッと楽しそうに笑ったセドリックが、彼女の腰をしっかりと抱きかかえる。

「セドリック様、どうして……」

「腹が減ったと言っただろう？　俺の空腹を満たせるのは、貴女《あなた》しかいない」

ぐいっと腰を押し付けられて、布越しにも彼の昂《たか》ぶりが大きくなっていることがわかる。

アデルは息を呑んで王子を見上げた。

緑色の瞳は情欲を孕《はら》み、彼女をじっと見つめている。

「貴女《あなた》が他の男を熱心に見つめていると、俺は飢えるらしい。飢餓感《きがかん》が抑えられない。嫉妬《しっと》とも言う。つまり、この空腹感を満たせるのはアデル……貴女《あなた》だけだ」

「だからって、こんなところで……大体、私は他の男性のことなんて――っ、んん！」

言い返そうとするも、セドリックに唇を塞《ふさ》がれて言葉が呑み込まれる。扉に押し付けられながらキスで翻弄《ほんろう》されて、抵抗は弱まるばかりだ。

それを見計らったように、セドリックが彼女の身体を弄《いじ》り始《はじ》める。

「あ、ダメ……ッ」

くるりと身体を反転させられ、素早くドレスとコルセットが緩《ゆる》められた。そのまま胸元へ大きな手が入り込んで、胸の膨らみを揉《も》む。

「脱がせないから安心しろ」

「そういう問題じゃっ、あんッ」

胸の先端を摘まれて、アデルは背をしならせる。

彼は片手で胸を弄《いじ》りながら、もう片手でドレスのスカートを捲《まく》り上《あ》げた。その中へ器用に手を滑り込ませ、下着の上から秘所をなぞる。

「キスだけで濡れていたか？」

「——っ」

彼の言う通り、キスをされただけで彼女の泉は潤《うるお》う。そんなことは、すでに彼も知っているはずなのに、わざわざ口に出して煽《あお》ろうとしているらしい。

「いやらしい身体だ……」

吐息交じりの言葉が彼女の耳に直接吹き込まれる。くすぐったさに、彼女は首を竦《すく》めた。

その仕草が気に入ったのか、セドリックが笑う。

「可愛い反応だ。もっと欲しいか？」

彼はアデルの耳朶《じだ》を舐《な》め、胸の頂《いただき》を引《ひ》っ掻《か》いて、さらに下着の上から秘芽を指で押し、捏《こ》ねる。身体のいたるところから同時に生まれる快感は、彼女の身体を急速に火照《ほて》らせた。

とろりと蜜が溢れ出すのが自分でもわかるくらい、彼女の中は蕩《とろ》けている。布越しに触れているセドリックもそれに気づき、下着の中へ手を差し込んだ。

つぷり、と長い指を蜜壺に埋め込む。

「ああ――っ」

「熱くなって……いつからこんなに淫乱になったんだ？」

「それは、んっ……セ、セドリック様が……あっ、は……」

根元まで指を沈め、くにくにと動かして奥を刺激される。

すでに彼女が一番感じる場所を知っているセドリックは、すぐに弱いところを攻めた。

しかし、その愛撫はあくまでも緩《ゆる》やかだ。

切ない疼《うず》きの中から、だんだんとせり上がってくる快感。アデルは無意識に腰を揺らし、小さな快楽の粒を集めようとする。

目を瞑《つむ》り、彼の指の動きを追っていると、ふいに圧迫感がなくなった。

「俺が？」

「あ……」

喪失感に、思わず落胆の声が漏れる。

「俺が、どうした？」

胸を弄《いじ》っていた手も離れ、アデルは首を捻《ひね》ってセドリックを見る。潤《うる》んだ視界に映った彼は、挑戦的な笑みを浮かべていた。

彼女に〝恥ずかしいこと〟を言わせたいのだ。

セドリックは、どんなときでもアデルを言葉で煽《あお》る。

いつもは王子にも強気な態度を取る彼女だが、彼に慣らされてしまった身体は彼女を素直にさせる。

躊躇《ちゅうちょ》したのは一瞬——中途半端な愛撫で疼《うず》く身体を満たしたくて、アデルは震える声を出した。

「……っ、セドリック様が、触るから……こんなふうになるんですよ……？」

すると、セドリックが目を細める。

「俺だけか？」

「ん、そうに決まっています……」

「俺に触れてほしいか？」

「……はい」

こくりと頷くと、彼は満足げに口角を上げた。

ようやく触れてもらえる。

そう期待したアデルだったが、彼はなかなか動こうとしない。

問うような視線をやると、彼は彼女のスカートを捲《まく》り上《あ》げ、臀部《でんぶ》の丸みを撫《な》でた。そしてその場に跪《ひざまず》く。

「あっ、セドリック様……？」

自分のお尻の先に王子の顔がある。

困惑する彼女に、彼がまた楽しそうに笑う。

「触れてほしければ、腰を突き出してみろ」

アデルは目を見開き、唾を呑み込んだ。

身体を重ねるときの王子は、総じていじわるで言葉で煽《あお》る。けれど、こんなふうに「行動」を命じたことは、今までなかった。

「どうした？　触れてほしいのだろう？」

「や、でも……」

自ら、しかもお尻を突き出して彼の顔に近づけるなんて、はしたない。

「では、ここを疼《うず》かせたまま夕食をとるか？　瞳を潤《うる》ませ、頬を紅潮《こうちょう》させて、明らかに発情している顔を皆に見られながら食事をするのも面白そうだが……」

「そんな……！」

「どうする？」

彼女の返事などわかっていると言わんばかりの問いかけだ。

悔しいけれど、淫《みだ》らな疼《うず》きに耐えられない。

アデルの身体は期待しているのだ。

いつだってその期待に応えてきたセドリックは、彼女を甘やかす反面で、その疼《うず》きに耐えられなくなるようにもしていた。

彼に触れられたら必ず達するまで愛撫してもらえる、と……身体が覚えている。王子が意図的にそう教え込んだのだから。

「アデル？」

彼女の気持ちなどお見通しの彼が、最後の一押しに彼女の名を優しく呼ぶ。

「わかりましたから……触って、ください……」

アデルは震えながらも、扉に両手をついて腰を落とした。ゆっくりとお尻をセドリックの顔に近づけて、彼の息遣いを感じたところで止める。

彼は彼女の双丘をゆったりと揉《も》んでから、下着を膝まで下ろした。

冷たい空気に触れて、アデルの腰が震える。

「いい子だ……たくさん舐《な》めてやる」

「ああ――っ」

生温《なまあたた》かい舌が秘所に触れた。

「あっ、や……そんなところまで、ダメ……」

割れ目を丁寧になぞり、際どいところまで伝う。

その濡れた感触に、アデルは思わず腰を引こうとするものの、太腿《ふともも》をがっちり掴《つか》まれていて叶わない。

ぴちゃぴちゃと卑猥《ひわい》な音を立てて蜜口を舐《な》められ、溢れ出る愛液を啜《すす》られた。

さらに彼は両手で花びらを開き、泉の中まで舌を差し込む。

「んあっ、ああ……あっ、は……」

セドリックの顔にあられもない場所を押し付けるような格好をしている自分も、夢中で蜜を求める彼も、ひどくいやらしい。

ベッドの上ではなく、闘技場の更衣室でこんな行為に没頭している事実すら、アデルの興奮を高めた。

更衣室に、卑猥《ひわい》な音と匂いが生々しく広がっていく。

「いつもよりも濡れているな。舐《な》めきれない……床を汚したら噂《うわさ》になってしまうぞ？

男のものではない行為の痕跡……今日、貴女《あなた》がここへ来たことは皆が知っている。俺と何をしたのか、すぐにバレてしまうな」

「やぁ……」

セドリックが普段にも増してアデルを言葉で煽《あお》ろうとする。

いつもと違うシチュエーションに、彼も興奮しているのだろうか。

「あいつらの想像の中で犯されるかもしれないな」

「や、どうして、そんないじわる……」

アデルが涙目で振り返ると、セドリックは立ち上がり、彼女の頬を撫《な》でた。

「それなら、零《こぼ》れないようにしてやろう」

「ひゃっ、ああ――」

そして、一気に昂《たか》ぶりを最奥まで埋め込む。

あまりに強い刺激に悲鳴のような嬌声《きょうせい》を上げて、彼女は扉に爪を立てた。彼がその腰を掴《つか》み、激しく昂《たか》ぶりを出し入れする。

「あっ、や……そんな、激しっ」

「ん……すごいな……食いちぎられそうだ」

アデルの中は彼の雄を呑み込み、うねってまとわりつく。

昂《たか》ぶりを奥へと導こうというのか、いやらしく蠢《うごめ》く膣内。その感触を確かめるように、彼が腰をぐいぐいと押し付けてきた。

円を描くみたいに動かされ、奥を刺激される。

いつもとは違うところに先端が当たって気持ち良い。

「あぁん……っ、はぁ……セドリック、さま……」

「ここか？」

「あ――」

アデルが殊《こと》さら甘い声を出す場所を見つけたセドリックが、容赦《ようしゃ》なくその一点を攻めた。彼女も自分の気持ち良い場所に当たるよう、彼の動きに合わせて腰を動かす。

絶頂が見えてきて、無我夢中になり快楽を追う。

「あっ、あ……あぁッ」

「もうイきそうだな」

一方のセドリックはまだ余裕がありそうだ。

「アデル。ほら、一度イっておけ」

耳元で囁《ささや》きながら、卑猥《ひわい》な音を立てて自分を呑み込んでいる場所へ右手を伸ばす。そこで膨らみ存在を主張する秘芽を指先で擦《こす》ると、アデルは仰《の》け反《ぞ》ってすぐに達した。

「ひ、あぁあ……っ」

ビクンと身体が跳ねるのと同時に、中が収縮して彼を締め付ける。

セドリックはやや苦しそうに息を詰めたものの、中に埋まったままの昂《たか》ぶりは質量を保ち続けていた。

「あ……セドリック様……もう、立っていられな……んんっ」

一度達して身体から力が抜けてしまい、アデルの膝が震える。

彼が腰を抱えてくれているからなんとか立っているが、これ以上この体勢でいるのはつらい。

「それは困る。俺はまだイッていない」

「んぁっ」

グッと腰を押し付けられ、彼女は腰を震わせた。

もう無理だと思う気持ちに反し、身体は自分を貫《つらぬ》く剛直を離そうとしない。もっと欲しいと求めている。

その証拠に、彼が昂《たか》ぶりを引き抜くと秘所がヒクついた。

ふいにセドリックがアデルの身体を反転させ、再び扉に押し付けて唇を奪う。貪《むさぼ》るようなキスをしながら、昂《たか》ぶりを割れ目に擦《こす》り付《つ》けた。

「んっ、は……あぁ……」

入りそうなのにギリギリのところで滑っていく。そんなふうに焦《じ》らされたアデルは、彼の腰を自ら引き寄せた。

「ああ……っ」

ずぷ、と大きな質量が入り込む。

しかし、先ほどとは違う体勢で中途半端に挿入された熱塊は、彼女を焦《じ》らすばかりだ。

「大胆だな……だが、全部挿《はい》ってない。もっと奥まで欲しいだろう?」

「んっ、は……ああ……」

浅い場所を膨らんだ先端で擦《こす》られ、震えながら彼にしがみついた。

「セドリックさまぁ……ほし……もっと、してください……」

ぴたりとくっついて昂《たか》ぶりを奥まで咥《くわ》え込《こ》もうと腰を揺らす。

「大胆になったな、アデル」

すると、セドリックは楽しそうに笑い、彼女の膝を腕に引っ掛けた。

「ひゃっ、あ、あぁあ——ッ」

浮遊感に驚いたのは一瞬で、すぐにアデルは奥深くまで突かれる衝撃に淫《みだ》らな喘《あえ》ぎ声を上げる。

不安定な体勢を支えるため、セドリックの太い首に腕を巻き付けた。

「これで、奥まで突いてやる」

「あ、あぁッ、やあっ」

お尻を掴《つか》まれ、身体を上下に揺さぶられる。何度も何度も下から突き上げられて、快感が膨れ上がった。

ぐちゅぐちゅと蜜が泡立つ音と、肌がぶつかる音。そして、昂《たか》ぶりが最奥を突くたびに漏れる嬌声《きょうせい》。

「セ、ドリック、様……お、おかしく、なっちゃ……っ、ひゃうっ、あぁ……ッ」

アデルはもう何もできず、彼に身を委《ゆだ》ねるだけだ。彼の首にしがみついて嬌声《きょうせい》を上げ続ける。

こんなに激しく奥を突かれるのは初めてだ。

自分の身体が浮いていて不安定だが、セドリックの逞《たくま》しい腕に支えられていると不思議と怖くない。

いつも以上の快楽を与えてくれる交わりに夢中になる。

「ああっ、あ、あ……ッ、セドリック様……」

「ん、アデル……わかるか？　貴女《あなた》の中がいやらしくうねって俺に絡みついている」

「はっ、ああん……だって、気持ち、い……っ」

今までも彼との行為は幸せで気持ち良かった。

でも、今日はもっといい。

さらなる悦《よろこ》びを知り、アデルはどんどん淫《みだ》らになってしまいそうだ。

「いつになく、素直だな……アデル……っ、そういう、貴女《あなた》も……とても、可愛い」

セドリックは息を荒らげつつも、しっかりと彼女の身体を抱え、揺さぶった。疲れた様子もなく、むしろその動きは速くなっていく。

だんだんと彼から漏れる呻《うめ》き声が多くなって、彼の絶頂も近いことがわかった。

いつもはもっと余裕があるのに……彼もいつもより感じてくれているような気がして嬉しい。

「アデル……イくぞ……っ」

「あっ、あ、あぁあ――」

ぐんっと一際力強く昂《たか》ぶりを押し込まれ、アデルは爪先《つまさき》をぎゅっと丸めた。

彼が同時に果てたのを感じる。彼女の中が、吐き出される白濁を少しも逃すまいといやらしくうねった。

まるで彼の昂《たか》ぶりからすべてを搾り取ろうとするような動き。

セドリックが微《かす》かに呻《うめ》く。しばらく抱き合ったまま呼吸を整えると、やがてアデルを近くのベンチに横たえた。

「アデル……ごめんね。無理をさせた……？」

落ち着きを取り戻したらしい彼が、心配そうに彼女を覗き込む。更衣室にあったタオルで汚れた身体を拭きつつ、アデルの頭を優しく撫《な》でた。

「別に……無理は、していないですけど……」

彼に謝られるのは、何か腑《ふ》に落ちない。

アデルは唇を尖《とが》らせて、もごもごと言い募《つの》る。

「セドリック様、嫉妬《しっと》で私を抱くのは控えてください。いつも強引にした後、普段のセドリック様に戻ってしまって、怒るタイミングがわかりません」

「う……ごめんね」

セドリックはバツが悪そうな表情で目を伏せる。

「もう！　謝るのは軍事用セドリック様のほうです！　大体、セドリック様は嫉妬《しっと》ばかりじゃないですか。情けないです！　軍人らしく、もっとどっしり構えるべきです！　そんな感情的で、戦場で生き残れるんですか⁉」

「……うん。ごめん」

痛いところを突かれ、彼が慌てて再度謝罪する。

アデルはじとりと目を眇《すが》め、大きな身体とは対照的に恐縮するセドリックを観察した。

説教は軍事用セドリックにしなければならないのだが、同一人物なので仕方がない。

「もっと心に余裕を持たなければ、王子として、軍人として、やっていけませんよ」

「それは……アデルの言う通りだけれど、貴女《あなた》のことになったら余裕がなくなるんだよ」

「言い訳は結構です！」

そう言うと、彼は眉を下げて頭を掻《か》く。

「アデル……アーバリー王国へ来てから、さらに逞《たくま》しくなったね」

「そうでなければ、やっていられないと痛感しました」

特に、今日はエリオットとウィルフレッドの本性を見てしまったのだから。

「それに、こういうほうが、セドリック様の好みでしょう？」

「まぁ……うん。その……怒られるのは嬉しいけれど……」

先ほどから頬がピクピクしているセドリックに向かって、アデルは挑戦的な笑みを浮かべる。

自分が悪かったとわかっているからか、我慢しようとしているが、彼の顔には先ほどから嬉しさが滲《にじ》み出てしまっている。

そんな彼を見ていると、優越感が湧いてくるのと同時に、なんだか胸がくすぐったいような不思議な感覚になった。

「セドリック様……可愛いですね」

思わずふふっと笑みが零《こぼ》れる。

セドリックはビクッとして背を伸ばし、目を丸くしてアデルを見つめた。

「アデル？」

「エリオット様やウィルフレッド様みたいに、極端だとちょっと困りますけど……セドリック様くらいだったら、まぁ、王妃様の言う通りバランスが良いと思います。軍事用セドリック様にも負けないように、私ももっとしっかりしないといけませんね」

彼女がそう言うと、彼は困り顔になった。

「それは、ありがとう。でも、私は今くらいがちょうどいいな。アデルは今のままで……」

〝バランス〟というものは、最初から決まっているものなのか、それとも相手に合わせて変わるものなのか……

セドリックがアデルの変化に一抹《いちまつ》の不安を抱いたことを、彼女は知る由《よし》もなかった。

書き下ろし番外編

お転婆《てんば》令嬢は子育てに奮闘中!!

アデルがアーバリー王国へ嫁《とつ》いで早五年。

国のしきたりや公務にも慣れ、平和な日々を送っている……はずだった。

「母上、母上！　今日のパーティにはドロシーも来るんだって！　俺、花をあげたい」

「あっ、アダンずるい！　俺も！」

バーンと勢い良く扉が開くのはいつものこと。そこから雪崩《なだ》れ込んでくるのは、双子のアダンとライアンである。

結婚式直後に懐妊がわかったため、彼らはもうすぐ五歳。男の子らしくやんちゃな二人は体力があり余っており、最近はセドリックが子供用に考えた軍事訓練をしている。

それでもこうして元気いっぱいに城内を駆け回るから、手を焼いているのだ。

二人が競うようにして駆けてくるのを見て、アデルは絨毯《じゅうたん》の上で人形遊びをしていたミシェルを抱き上げ、彼らから守った。

「アダン、ライアン、扉は静かに開閉するようにと何度言ったらわかるの？　城の中は走らないという約束も守れていないわ」

アデルが目を吊り上げて叱責《しっせき》すると、アダンは両手を挙げてお手上げのポーズをとり、ライアンは両手を握《にぎ》ってもじもじする。

そんな二人の反応を見て、アデルは口をへの字に曲げた。

金髪碧眼《きんぱつへきがん》で父親そっくりな双子は、性格までも〝バランスの良さ〟を受け継いでしまったようである。しかも、二人でバランスが良い――アダンがSで、ライアンがMっぽいのだ。

性格形成には子を取り巻く環境が大きく関わるというから、アデルはできるだけ気をつけていたのに……双子は完全にアーバリー王家のSM問題に片足を突っ込んでいる。

いや、だとしても二人はまだ幼い。今からでも遅くないはずだ。

「アダン、ライアン？　まずはどうするべきなの？」

「ごめんなさい」

アデルが問うと、二人は声を揃えて謝る。

「アダン、頭に手を置かない。ライアン、貴方はもっと堂々としてちょうだい。内股で立つのはやめて。セドリック様との稽古で基本姿勢は習っているでしょう？」

そう指摘すると、二人は背筋をピンと伸ばして姿勢を正した。

そうだ。二人ともまだ引き返せる。こんなに素直なのだから。

ひとまず満足して頷き、アデルはミシェルをソファに下ろした。彼女はころんと寝転がり、人形をぎゅっと抱き締める。男女の差なのか、双子とは正反対のおとなしい三歳児だ。

アデルもソファに座り、息子たちのほうを向く。

「それで、ドロシーに花を渡したいのね？」

「うん。この前、バラが欲しいって言ってたんだ」

アダンがそう言うと、ライアンが隣でこくこくと頷いた。

ドロシーというのは、セドリック配下の若い軍人の娘で、よく訓練の見学に来ている令嬢だ。二人がセドリックとの訓練を始めてから仲良くなったと聞いている。

「母上、いいでしょう？」

「ライアンはよくない。ドロシーは俺のだ！」

ライアンが上目遣いでアデルに頼むのを、アダンがぴしゃりと牽制する。

「違うよ。俺がドロシーのものになるんだ！」

「女にデレデレするのはヘンタイなんだぞ！　ウィルフレッドおじさんが言ってた」

「女の子の言うことは聞かないといけないんだ。エリオットおじさんがいつも言ってるでしょ」

いまいちよくわからない口論が始まって、アデルはこめかみを手で押さえた。

頭が痛い。双子はエリオットとウィルフレッドの影響を受けている。

そもそも、五歳の会話に女が誰のものだの、女にデレデレするだの、変態だのという単語が出てくることがおかしいのだ。

大人（変態）に囲まれて育つというのは、いろいろな弊害をもたらす。

「アダン、ライアン。そんなに騒いだらレナルドが起きるだろう」

そこへ、セドリックが騒ぎを聞きつけて奥の寝室から出てきた。

たまの休みくらいゆっくりしたらいいのに、彼はいつも子供たちと過ごすことを選ぶ。暴れ回るアダンとライアンの相手をし、ミシェルの人形遊びに付き合い、そして末っ子三男レナルドの寝かしつけまで、乳母の代わりを務めてくれるのだ。

「父上！　だって、ライアンが情けないんだ」

「情けないのはアダンのほうだ。女の子をもの扱いするなんて」

双子が今度はセドリックのもとへ駆けていく。父親の足元でぴょんぴょん跳ねてそれぞれ主張をしているのを見て、アデルは呆れて肩を落とした。

「セドリック様、なんとかしてください。ドロシーに花をあげると言い出したら、喧嘩《けんか》が始まったんですよ」

「ドロシーに？　なるほどね」

セドリックはすべてを理解したというふうに頷くと、その場にしゃがんで双子と目を合わせた。

「二人とも、ドロシーのどこが好きなの？」

「俺はあいつの強いところが好きだ」

「俺も！」

息ぴったりな双子に、アデルは目を丸くした。

ドロシーに対する印象は同じなのに、どうしてこうも意見が違っているのだろう。

「簡単には泣かないところがいい。俺が泣かせる日が楽しみなんだ！」

「俺、ドロシーに怒られるのが好きなんだ。えへへ」

アダンとライアンの答えに、アデルは眩暈《めまい》がしてソファの背もたれに寄り掛かった。

一方のセドリックは笑顔を絶やさず、うんうんと頷く。

「わかるよ。自分にしか弱みを見せないのってグッとくるよね。自分を叱《しか》ってくれる人も魅力的だ」

「セドリック様！」

恍惚《こうこつ》の表情でアデルを見つめるセドリックに、彼女は低い声を出す。その顔は、子供に見せていいものではない。

妻に睨《にら》まれたセドリックは、ぶるりと身震いしてから双子に向き直った。

「ドロシーがどちらかはわからないけれど、とりあえず、お花を選びに行くといい。庭師に頼めば花束くらい作ってもらえるだろう？」

「わかった！　行くぞ、ライアン」

「うん。父上、ありがとう」

「あっ、二人とも、走っちゃダメって言ったでしょう！」

仲がいいのか悪いのか……双子は手を繋いでさっさと部屋を出ていった。

「もう……セドリック様、二人に変なことを吹き込まないでください」

「変？　好きな子を構いたいのも、構われたいのも、変ではないでしょう？」

「そうですけど、構い方、構われ方というものがあってですね……そもそも、女の子を泣かせたいなんて、ただのいじめっ子じゃないですか。怒られるのが好きっていうのも、鼻血プロポーズの予兆のようで怖いです」

アデルが頭を抱えると、セドリックは彼女の隣に座る。

それから、ソファに置いてあったひざ掛けをミシェルに掛けた。ミシェルは、いつの間にか人形を抱いたまま眠ってしまったらしい。

双子兄の喧嘩《けんか》など慣れっこなのだろう。むしろ、子守歌だと思っていそうだ。

「泣かせる方法はいろいろあるよ。感動して泣くとか、笑いすぎて泣くこともあるでしょう？　もし本当にいじめて泣かせるつもりなら、私だって黙っていない。だけど、アダンが実際にドロシーに攻撃的だったことは一度もないし、鼻血プロポーズだって別にいいじゃない。思い出だよ、思い出。それに、アダンもライアンも優しい子だ。ドロシーが『バラが欲しい』と言ったのを叶えてあげようとしているんだよ」

セドリックに宥《なだ》められ、アデルは唇を尖《とが》らせる。

「そうかもしれないですけど……大体、どうしてウィルフレッド様の性癖がアダンに移っているんですか？　ライアンだってエリオット様みたいな発言を……」

「それはまぁ……同じ城で暮らしていたら、仕方ないでしょう？」

「うう……」

当たり前のことを言われ、アデルは眉間に寄った皺《しわ》を指で揉《も》む。

確かに避けられないことはある。だが、アデルは十分に気をつけてきた。メイドたちにも、二人のしつけは遠慮なくしっかりするように言っている。

エリオットとウィルフレッドだって忙しい身だ。影響を与えるほどの時間を双子と過ごしているわけではない。

やはり、遺伝なのか……

「もう、アデル。二人のことばかり心配しないで、少しは私のことも構ってよ。あっ、そうだ。さっきのすごくぞくぞくした……また、睨《にら》んでほしいな」

セドリックは悩むアデルをぎゅっと抱き締める。

「もう、セドリック様。それどころじゃ……」

「アデルは心配しすぎだよ。二人とも、今は大人の真似《まね》をしたい時期っていうのもあるんじゃないかな？　これから同世代の子と接する機会が増えるし、そうすればきちんと友達や好きな子とのコミュニケーションを学んでいくよ。そのとき、何か間違っていることがあれば、私たちが教えてあげればいい。城の皆もそうするはず」

アデルの髪を優しく梳《す》きながら、セドリックが「ね？」と言う。やや不貞腐《ふてくさ》れつつも、アデルは頷き、それ以上反論するのをやめた。

セドリックはクスッと笑って、その尖《とが》った唇に自分のそれをくっつける。

アデルが上目遣いに睨《にら》むと、彼はまた微《かす》かに笑った。

「ふふ、興奮する」

「ばか……」

それがますます夫を興奮させる言葉だと知ってはいても、口にしてしまうのだから、アデルも相当このアーバリー王家に感化されているのだろう。

ちゅっ、ちゅっ、と啄《ついば》むキスが続き、アデルはだんだんと物足りなくなって、セドリックに抱きつく。

彼はそれに応えてキスを深くした。

ねっとりと口腔《こうこう》を這《は》う舌に、ぞくぞくする。くちゅりと音を立てて交わる唾液の甘さに酔ってしまいそうだ。

「んっ……ふ……は、ン」

アデルは懸命にセドリックの舌を追い、久しぶりの濃厚な交わりを堪能する。もっと欲しくて、無意識のうちに腰がソファから浮いた。

セドリックにもたれかかるように……前のめりで夫の唇を貪《むさぼ》る。

彼も、そんな妻に興奮しているのか、息遣いが荒い。

「アデル、これ以上すると……我慢できなくなる」

セドリックはそう言って、名残惜《なごりお》しそうにアデルの濡れた唇を指で拭《ぬぐ》った。

「続きは夜に……ね？」

そう言われて、アデルは頬をセドリックの肩口にくっつける。

優しく頭を撫《な》でられるのが気持ち良い。

「なあに？　アデルまで子供みたい」

クスクス笑いつつも、セドリックの声音は穏《おだ》やかで優しい。アデルがこんなふうに甘えることを喜んでくれている。

「私だってセドリック様に構われたいんです」

「それは嬉しいな。可愛い妻と子供たちに囲まれて、私は幸せだよ」

二人は顔を見合わせて笑い、再び唇を重ねた。

騒がしい日々の合間、束の間の休息。

それは、庭師が作った花束を持った双子が戻ってきて終わってしまったけれど……

両親や弟妹にも花束をくれる心優しい息子たちを見て、アデルは平穏な時間ばかりではきっと退屈するだろうと思い直す。

婚約者から逃げていた日々も、セドリックに翻弄《ほんろう》されていた日々も、そして子育てに奮闘する日々も……

お転婆《てんば》令嬢といわれていた自分にぴったりの楽しい時間だと思うのだった。

NB ノーチェ文庫

膨れ上がる♥独占愛

蛇さん王子のいきすぎた溺愛

皐月《さつき》もも　イラスト：八美☆わん

定価：704 円（10% 税込）

父と兄に溺愛され、箱入り状態の伯爵令嬢イリスの友達は、庭に遊びに来る動物たち。特に「蛇さん」はイリスの言葉がわかるようで、大の仲良し！　そんなある日、初めて出掛けたお城のパーティで初対面の王子様が突然、プロポーズしてきた!! なんでも、ずっとイリスに夢中だったといい――!?

詳しくは公式サイトにてご確認ください

https://www.noche-books.com/

携帯サイトはこちらから！

NBノーチェ文庫

目の前の胸板はご褒美？

私のベッドは騎士団長

このはなさくや　イラスト：緒笠原くえん

定価：704円（10% 税込）

亜里沙《ありさ》が目を覚ましたのは、見知らぬ男性の身体の上。自宅のベッドで眠ったはずなのに、一体ここはどこ……？　訳がわからないながらも、亜里沙はとりあえず大好物の筋肉を堪能することにした。これは、日々激務に追われている自分へのご褒美的な夢……!!　そう都合よく解釈したのだけど——!?

詳しくは公式サイトにてご確認ください

https://www.noche-books.com/

携帯サイトはこちらから！